KB265839

절대고수
絶代高手
강호풍 新무협 판타지 소설
FANTASTIC ORIENTAL HEROES

절대고수 7

강호풍 新무협 판타지 소설

초판 1쇄 찍은 날 § 2011년 12월 27일
초판 1쇄 펴낸 날 § 2012년 1월 2일

지은이 § 강호풍
펴낸이 § 서경석

편집부장 § 권태완
편집책임 § 어정원

펴낸곳 § 도서출판 청어람
등록번호 § 제1081-1-89호
등록일자 § 1999. 5. 31
어람번호 § 제2-2191호

주소 § 경기도 부천시 원미구 심곡2동 163-2 서경B/D 3F (우) 420-822
전화 § 032-656-4452 팩스 § 032-656-4453
http://www.chungeoram.com
E-mail § chungeoram@chungeoram.com

ⓒ 강호풍, 2011

ISBN 978-89-251-2733-0 04810
ISBN 978-89-251-2529-9 (세트)

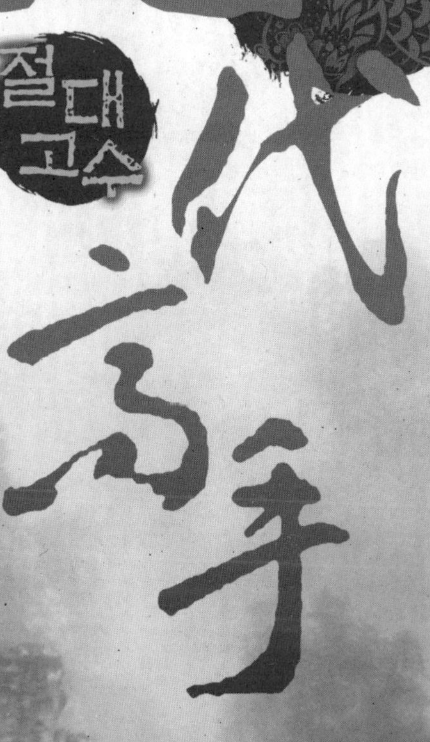

절대고수
7
[완결]

강호풍 新무협 판타지 소설
FANTASTIC ORIENTAL HEROES

도서출판
청어람

第一章
그와 그녀의 사랑

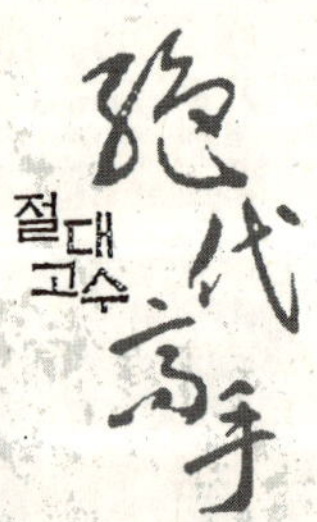

절대
고수
絶代高手

1

우우우웅…….

일백 개 칼이 동시에 검명을 터뜨렸다.

절정을 넘어선 초절정고수들의 경지에 올라서야 펼칠 수 있는 검강이 무려 일백 개. 그것을 지켜보는 사람들은 사악련도이든 정파인이든 모두가 넋을 잃었다.

사악련도의 장수 하나가 퍼뜩 정신을 차리고 몸서리를 치다가 빽 소리를 질렀다.

"도망쳐라! 도망쳐야 해!"

그의 첫 번째 외침은 '싸워라!' 도 아니고 '막아라!' 도 아니었다.

어떻게 싸울 수 있겠는가? 어떻게 막을 수 있겠는가?

노도처럼 짓쳐들어오는 검강의 향연! 거대한 강기들의 물결!

그것을 바라보는 사악련도들의 심정은 망망대해의 난파선 위에서 하늘을 뒤덮고 덮치는 해일을 바라보는 것과 진배없었다.

마침내 청송단원들이 가장 가까운 사악련도들과 충돌했다. 아니, 그건 충돌이 아니었다. 일체의 속도 줄임도 없이 청송단원들은 사악련도들을 밟고, 베고, 휩쓸었다.

서걱, 서걱서걱.

뜨거운 진홍 피가 허공으로 튀었다.

히이이힝.

거친 콧김을 내뿜는 말들의 투레질이 사악련도들의 비명조차 짓밟았다.

사악련도들.

그들은 무림맹과 남궁세가의 패잔병들이 용호산에서 나오는 것을 보며 신비환을 복용했다.

그렇기에 그들은 원래 자신의 능력보다 몇 배 강화된 힘이 전신에서 용솟음쳤다. 이 강력한 힘으로 정파인들과 백성들을 짓밟고 죽이며 환호했었다.

그러나 눈앞을 가득 메운 일백 개의 검강 앞에서 그들은 전의가 쪼그라들었다.

슈가가아앙!

이진표의 칼이 움직일 때마다 공기가 터질 듯한 파공성을 터뜨렸다. 그 소리의 끝엔 언제나 비명이 자리했다.

"으아아악!"

사악련도들 중 일부가 검을 맞대보았다.

일백 검강을 시현할 수 있는 조직이 있을 리가 없다며 외치고는 사술일 것이라 부르짖었다. 나름 용감하게 칼과 칼을 맞선 사악련도의 용자들.

쨍, 쨍강!

그들의 바람을 비웃기라도 하듯이 청송단원들의 검강은 그들의 칼을 너무나 손쉽게 부리뜨렸다.

한 청송단원이 비웃으며 호기롭게 외쳤다.

"약물에 의지한 가짜 힘 따위로 내 땀과 눈물, 그리고 피와 의지가 일체된 힘을 막겠다고?"

그의 호기로운 외침에는 진한 아픔도 담겨 있었다. 차마 꿈에서조차 생각하기 싫은 지옥수련진에서의 혹독한 수련들이 떠오른 것이다.

부우우웅.

짙푸른 검강이 더욱 짙어지며 단숨에 사악련 장수의 칼과 몸을 일도양단했다.

머리 꼭대기에서 사타구니까지 단숨에 혈선이 그어지더니 이내 몸이 양쪽으로 분리됐다.

강력한 검강과 육체가 가진 힘의 완벽한 조화.

혹시나 하고 사악련 장수들의 저항을 본 사악련도들은 머리가 텅 비어져 버렸다.

저들의 힘, 저들의 검강은 진짜였다.

"으아아악! 도망, 도망가아아!"

혼비백산한 사악련도들이 사방으로 흩어졌다.

남궁세가의 내당주, 남궁지하.

오순의 그는 지금 눈앞에서 펼쳐지고 있는 광경을 보며 문득 이미 자신은 죽은 것이 아닐까라는 생각을 했다. 아니, 그뿐만 아니라 의식을 잃지 않은 남궁세가와 무림맹 사람들은 남궁지하와 비슷한 생각에 빠졌다.

그렇기에 간절히 고대하던 지원군이 당도했음에도 불구하고 흔한 함성이나 안도의 탄식 같은 것조차 내뱉지 않았다.

상상할 수 있겠는가?

일백여 검강을 시현할 수 있는 일백여 초절정고수들이 일사불란하게 움직이는 광경을!

더구나 남궁세가는 천하제일검가였다.

검에 대한 이해가 어느 방파보다 뛰어났고, 그렇기에 검강을 실현하는 것이 얼마나 어려운 것인지 잘 아는 검사들이 몰려 있는 성지!

그런 그들이니 청송단의 모습은 더더욱 비현실적으로 보일 수밖에 없었다.

멍한 표정으로 사위를 훑던 남궁지하는 그제야 지척의 무루를 보았다. 말 위에서 칠십여 장의 허공을 격하고 날아온, 말도 안 되는 경신술을 보여준 청년.

그는 차가운 대지에 누워 있는 맹주와 가주를 내려다보고 있었다.

짧은 시간.

그러나 남궁지하는 마치 억겁의 시간이 흐르는 것 같은 느낌을 받았다. 사방에서, 그리고 지척에서 벌어지고 있는 믿기지 않는 광경이 그에게서 시간의 정상적인 흐름을 감지할 수 없게 만들어버린 것이다.

찰나가 영원처럼 느껴지는 그 순간, 말문을 잃어버린 남궁지하에게 무루가 말을 건넸다.

"이 두 분의 상태가 가장 안 좋군요."

담담하면서도 묵직한 어조가 남궁지하의 정신을 차리게 만들었다.

"그, 그분들은 무림맹주님과 남궁가주님이네."

무루가 고개를 끄덕이며 말을 받았다.

"당분간 요양을 하면 별 무리 없이 회복할 수 있을 겁니다. 워낙에 튼튼하셨던 분들이시니."

차가운 대지에 누워 있는 맹주가 고개를 저으며 입을 열었다.

"누군지는 모르겠으나 고마우이. 하지만 나는 주화입마에 빠진 지 오래. 버티는 것만으로도 힘겨웠네."

맹주 옆에 누워 있는 남궁가주가 말을 받았다.

"진즉 죽었어야 할 몸뚱어리지만 이런 우리가 여기 있는 사람들에게 정신적으로 버팀목이 되고 있다는 생각에 필사적으로 버텼을 뿐이네. 이제 됐군. 편하게 갈 수 있겠어."

맹주가 말을 이었다.

"마침내 정파의 반격이 시작된 것인가? 하늘이 무심치는 않군. 여기 있는 이들을 부탁하겠네. 허허허. 그런데 이젠 눈까지 이상해진 것 같군. 헛것이 보여. 사방에서 검강이……."

무림맹주와 남궁가주는 청송단의 무위를 제대로 보지 못했다. 흐릿하게 보이는 시야. 그나마 맹주는 청송단원들의 검강을 보았지만 환영을 보는 것이라 생각했다.

무루가 씩 웃고는 온화한 얼굴로 말했다.

"잠시 혈도를 점하겠습니다. 말을 하게 되면 그나마 있는 기마저 밖으로 빠져나가 버리니까요."

무루는 둘의 마혈을 짚었다.

낯선 무림인이 허락도 없이 누군가의 혈도를 짚는다는 것은 지극히 무례한 짓이다. 그러나 무루의 행동을 아무도 제지하지 못했다.

막을 힘도 없을뿐더러 분명 해코지하려는 것이 아니라 믿기 때문이었다. 그런 믿음이 왜 생겨났는지는 아무도 몰랐다.

조금 전부터 자신들을 감싸는 정체불명의 따스한 기운 때문에 긴장이 풀린 것인지, 아니면 구해주러 온 사람이니 믿어야 한다는 당위성 때문인지 모호했다.

어쨌든 남궁지하를 비롯한 사람들의 정신이 차츰 현실로 돌아왔다. 사방에서 일어나는 지원세력의 압도적 무위가 놀라운 한 편 이젠 살았다는 생각이 들었다.

그들의 눈에 눈물이 흘렀다. 그긴 기쁨의 눈물이었다.

"흑흑. 이젠 정말 산 것인가? 그런데 대체 저 사람들은 어느 소속이지?"

살 수 있다는 기쁨 뒤에 나온 것은 호기심이었다.

"오백위 초인 중 일백 명이 뭉치기라도 한 건가?"

"설마! 그 자존심 높은 오백위들이 하나의 단체로 뭉친다는 것은 말도 안 되잖아?"

"그러면 저들은 대체 누구란 말이야?"

서로가 서로에게 질문을 던졌다. 그러나 아무도 답을 알 수 없어 어깨만 으쓱거려야 했다.

아무리 살펴보아도 기존의 오백위라 불리는 인물이 하나도 보이지가 않았다.

일백 개의 검강이 사악련도들을 도륙하고 있었다.

거침없이 말을 달리는 그들의 모습은 아름답다 못해 장엄하기까지 했다. 파죽지세란 표현은 지금의 광경을 위해서 만들어진 표현 같았다.

남궁지하도 청송단의 종횡무진하는 활약을 보다가 한 차례 몸서리를 쳤다. 아군이기에 망정이지 적이라면 상상만으로도 끔찍했다. 그는 한숨을 속으로 삼키며 무루에게 물었다.

"그대는 누구인가? 그리고 저들은?"

무루는 양손을 맹주와 가주의 아랫배에 가져다댄 채 말했다.

"제 이름은 한무루. 그리고 저들은 청송단. 제 자랑스러운 수하들입니다."

무루의 답변에 남궁지하는 더 혼란에 빠졌다. 한 번도 듣지 못한 이름들이다. 더더군다나 일백여 명의 초인들이 정말로 하나의 단체라니 놀랍기 그지없었다.

그가 더 구체적인 대답을 위해 질문을 던지려할 때 주변의 정파인들이 기겁해 비명을 질렀다.

"내당주님! 사악련도들이 이리로 옵니다."

청송단과 맞서 싸우거나 도망이 불가능하다는 것을 깨달은 사악련의 일부가 인질을 잡을 요량으로 달려오고 있었다.

남궁지하가 얼굴을 와락 구겼다. 이제 살았다고 생각했건만 아직 위험이 지나간 것은 아니었다.

"부상자들을 안쪽으로! 여력이 있는 자들은 나와 함께 저들을 막는다."

"옛!"

대답하는 수하들의 목소리에 힘이 담겼다.

싸워 제압하는 것이 아니다. 그저 잠시만 버티면 될 것이리라. 그러면 저 일백여 초절정고수들이 곧 자신들을 도와주러 올 테니까.

그러나 그들의 눈에 곧 곤혹스러움이 담겼다.

정송단이라는 일백 초인들.

이상하게도 그들은 자신들을 도와주러 오지 않고 넓게 퍼지면서 흩어지는 사악련도들을 척살하는 데 치중하고 있었기 때문이었다.

적들을 몰살하는 것도 중요하겠지만 자신들을 구하러 온 것이 아닌가? 그렇다면 우선순위는 이곳이 되어야하는 것이 마땅하다.

그런데 청송단은 기이하게 자신들을 전혀 걱정하지 않는 것처럼 보였다. 단 한 명도 이쪽으로 도우러 오는 사람이 없었다.

남궁지하의 입에 나직한 탄식이 흘렀다.

"아아. 저들은 우리의 상태가 얼마나 엄중한지 모르는 건가?"

소리를 질러 도와달라고 외치고 싶은 마음이 굴뚝같았다. 현재의 자신들로서는 저 사악련도들과 마주해 채 몇 합도 버티기 힘들다고 실토하고 싶었다. 하지만 일백 명 중 한 명도 자신들 쪽으로 오지 않는 것으로 보아 무슨 계획이 있는 것은 아닐까라는 생각도 얼핏 들었다.

그때였다.

남궁지하가 결국 도움을 요청하려던 순간에 세 명이 갑자기 모습을 드러냈다.

허공에서 뚝 떨어진 그 셋은 품(品) 자 형태로 자신들의 밖에 위치했다.

일남이녀.

눈을 의심하게 만들 정도로 아름다운 여인 한 명과 야성적인 매력을 풍기는 여인, 그리고 진중한 얼굴의 중년 사내.

유라와 묘, 진이었다.

유라가 싱긋 웃으며 말했다.

"여러분들! 그냥 앉아 쉬어. 음. 쉬어요. 저들은 우리가 맡아줄 테니까요. 호호호."

그녀의 미소에 사람들이 취했다. 부상이 심각한 사람들도 입을 헤 벌리고 유라를 멍하게 볼 지경이었다. 겨우 현실감각을 회복한 사람들은 다시 몽롱해진 시선으로 그녀를 보았다.

혹시 자신들은 이미 죽은 것이 아닐까?

그래서 선녀가 극락으로 인도하기 위해 하늘에서 내려온 것일지도.

묘는 정파인들의 유라를 향한 반응이 뭔가가 마음에 들지 않았다. 등장은 셋이 했는데 오로지 유라만 주목하고 있는 이 상황이 거슬렸다. 그녀는 유라를 지그시 쏘아보다가 입을 열었다.

"네가 마치 대장처럼 말하지 마."

"마음에 안 들면 그쪽은 빠지든지."

가뜩이나 차가운 묘의 얼굴에 금이 갔다. 사부를 허무하게 떠나보낸 후 그녀는 최근 들어 무척이나 신경질적이고 냉소적이 되어 있었다. 그녀는 이를 악물더니 고개를 돌려 전면을 보았다.

"다 죽었어!"

그 말과 함께 그녀의 신형이 앞으로 폭사했다.

슈아아아앙.

마치 섬전처럼 쏘아져 나가는 묘.

달려오던 사악련도들이 '어어어!' 하다가 채 막지도 못하고 추풍낙엽처럼 쓰러졌다. 비명조차 지르지 못하고.

신검합일(身劍合一)!

묘가 검이었고, 검이 묘였다. 눈을 의심케 하는 그녀의 절기에 정파인들이 입을 쩍 벌렸다.

그들은 유라가 극락에서 왔다면 묘는 지옥에서 올라온 나찰녀가 아닐까하고 진심으로 진지하게 생각했다.

그렇다면 자신들은 정말로 이미 죽은 것이 아닐까?

유라가 어깨를 으쓱하고는 말했다.

"질 수 없지."

그녀가 땅을 발로 툭 찼다. 그 순간 십여 장 허공 위로 번개처럼 솟구치더니 검을 뽑았다.

우우우웅.

검이 울었다. 그 칼끝에서 수백여 개의 강기가 뿜어져 나왔다.

파파파파팟.

초승달 모습의 강기가 한 순간에 허공을 물들이며 부채꼴 모양으로 퍼져 나갔다. 서쪽하늘로 달리는 태양에서 내려오는 빛이 강기에 반사하며 반짝거렸다.

그건 눈이 부시도록 찬란한 유성우였다.

"으아아아악!"

아무도 막지 못했다. 닿는 것은 사람이든 칼이든 간에 모조리 동강 내버렸다.

정파인들은 아예 턱을 내려놓았다.

이 두 여인.

천사와 나찰녀가 아니라면 무신급의 고수였다. 현 강호의 십대고수와 동급 혹은 그 이상의 무위를 가진 절세고수였다!

진.

적검왕의 열두 제자 중 막형.

그는 한숨 비슷한 탄식을 삼켰다.

"흐음. 앞으로 둘의 경쟁에 나는 할 일이 없어질 수도 있겠군."

뭔가 쓸쓸함이 담긴 어조에 사람들은 웃지도 울지도 못했다.

유라와 묘가 십시긴에 자신 쪽으로 오는 적들을 정리해 버리자 정작 진의 앞으로 달려오던 삼십 여 사악련도들은 기겁해 자리에 못이 박힌 듯 서 버렸다.

뒤에는 일백 초인들이 사방을 헤집고 다니고 있었다. 앞에는 감히 대적할 꿈조차 꾸지 못할 정도의 무신들이 버젓이 서 있었다.

그야말로 진퇴양난.

그들은 정말이지 울고 싶어졌다. 대체 경천동지할 고수들이 어디에서 이리 떼거지로 나타났단 말인가?

진이 머리를 긁적이며 앞으로 걸었다. 기껏 멋지게 등장하고 가만히 있기도 애매했다.

"안 오면 내가 가야겠지. 가만히 있다간 내 몫까지 유라 소저와 묘 사매에게 뺏길 테니까."

허리춤에 매달린 칼을 꺼낸 그가 사악련도들을 향해 점점 더 다가섰다. 너무나 태평스럽게 걷는 그의 전신은 허점으로 가득했다.

그러나 사악련도들은 감히 달려들지 못했다. 하지만 그들에게 주어진 시간은 그리 많지 않았다. 그야말로 파죽지세로 짓쳐들어온 기마단은 이미 마지막 정리에 들어가고 있었다.

일각이 여삼추!

삼십여 사악련도들의 눈이 흉흉하게 빛났다.

"죽기 아니면 까무러치기지."

"그래. 저놈은 좀 약해 보여!"

그때 멀리서 사륜마차들이 먼지를 일으키며 달려오는 광경이 시야에 잡혔다. 한 눈에 봐도 저것은 사악련과는 관계가 없는 마차들이었다. 그러자 사악련도들은 더 초조해졌다. 그것은 이미 흐트러진 판단력을 더욱 부채질해댔다.

"가자!"

"가! 반드시 인질을 잡아야 해."

사악련도들.

그들은 인질의 유용성에 대해 아주 잘 알고 있었다. 정파란 놈들은 어처구니없게도 인질을 잡으면 꼼짝도 못했다.

따분한 명분이나 소소한 정에 집착하는 자들.

서른 명이 일제히 진을 향해 달렸다.

물론 그들의 진짜 목적은 진과 싸우는 것이 아니었다. 그냥 통과하는 것이다. 그러니 자연스럽게 그들의 전열이 넓게 횡으로 퍼졌다.

진이 씩 웃었다.

그의 칼이 상단으로 올라섰다.

입새 사이로 흘러나오는 나직한 혼잣말.

"두 여인보다 못한 모습을 보여줄 수는 없으니 최고의 한 수를 보여줘야 하나? 거참, 체면이라는 게 뭔지."

그의 칼이 사선을 그리며 천천히 내려섰다.

부우우웅.

검파가 만들어내는 지독하게 무거운 압력에 허공이 진저리를 쳤다.

달려오던 사악련도들이 자신도 모르게 발을 멈췄다. 의지가 아니라 본능이 그렇게 시킨 것이다.

그들의 눈에 사내가 천천히 휘두르는 칼이 어마어마하게 크게 보였다.

거대한 검영.

그 하나의 검영이 대지를 휩쓸었다.

휘이이힝.

칼이 휩쓸고 지나간 자리에 바람 소리만 남았다.

찰칵.

진은 칼을 검집에 넣고는 피식 웃었다.

'쥐새끼를 잡는 데 소 잡는 힘을 썼군. 나에게도 쓸데없는 경쟁심이 있었나?'

그가 돌아서자 멀찍이 떨어져 있던 유라가 고개를 주억거렸다.

"그냥저냥 봐줄 만하네."

진은 어깨를 으쓱하며 고소를 삼켰다.

십대고수의 무신급이 전력을 다해야 펼칠 수 있는 무위였다. 그러나 저 여인에게 자신의 무공은 대단한 것이 아님을 그는 잘 알고 있었다.

그러나 남궁지하를 비롯한 사람들은 충격에서 좀처럼 빠져나오지 못했다. 내려놓은 턱에서 침이 줄줄 새는 자들이 속출했다.

말을 탄 일백 명의 초인급 고수들 출현도 기함할 지경인데 자신들을 보호해 준 일남이녀는 셋 다 무신급의 고수라는 현실이 어처구니없기까지 했다.

모두가 기절초풍할 정신을 간신히 붙잡고 있는 지경이었다.

그리고 이내 서른 대의 사륜마차들이 근처에서 차례차례 섰다. 그 누구보다 마차 문을 가장 먼저 열고 뛰어나오는 여인. 그녀는 매봉 유화영이었다.

"아버지!"

그녀는 무림맹주를 향해 한달음에 달려왔다.

그제야 사람들은 다시 무루에게 집중했다. 맹주와 남궁가주의 단전에 양손을 대고 있는 무루.

그의 손에는 안개 같은 기운이 어려 있었다.

모두가 숨을 죽이고 무루와 두 사람을 주시했다.

그렇게 반각의 시간이 더 지나자 사악련도들을 모두 정리한 청송단이 천천히 말을 몰아 주변으로 몰려들었다.

싸늘한 바람이 부는 대지 위로 어색하면서도 묘한 정적이 자리를 잡았다.

엄청난 일이 이 평야에서 일어났다. 나중에 지인을 만나 이 얘기를 해준다 해도 아무도 믿지 않을 거라는 데 전 재산을 걸 수도 있었다.

그러나 정작 이 일을 행한 사람들은 이 놀라운 일을 대수롭지 않게 보는 듯했다. 그것이 사람들의 말문을 더더욱 잃게 만들었다.

침묵을 깬 것은 무루였다.

그가 손을 거두며 자리에서 일어서자 가장 먼저 청송단주 이진표가 말에서 뛰어내려 부복하며 외쳤다.

"주군. 정리를 끝냈습니다."

"수고했다."

매봉 유화영이 정신을 잃은 맹주와 가주를 번갈아보다가 급하게 물었다.

"한 공자님. 제 아버님은?"

"내상은 거의 치료했소. 여러 군데 외상이 있기는 하지만 다행히 피는 많이 안 흘렸으니 다행이오. 푹 주무시고 일어나 며칠간 운기조식과 치료를 병행하면 조만간에 쾌차할 것이오."

그의 말에 남궁지하가 불신의 눈빛으로 외쳤다.

"그, 그럴 리가 없소. 단순한 내상이 아니라 주화입마를 입으신 것인데……."

"황폐화된 단전, 그리고 끊어진 혈도와 진기를 복구시켰으니 이삼 일 후에 일어나면 거동은 조금 불편해도 심신은 상쾌할 겁니다."

"마, 말도 안 돼!"

남궁지하가 눈을 찢어져라 크게 뜨며 큰 목소리로 외치자 유라가 아미를 찌푸리며 끼어들었다.

"이봐요. 할아버지. 우리 오라버니가 그렇다면 그런 거예
요."

"하, 하지만……."

남궁지하는 어쩌면 그럴 수도 있겠다는 생각이 퍼뜩 뇌리
에 스쳤다.

이들이 등장하면서부터 지금까지 단 하나도 머리로 납득
할 수 있었던 것이 있었던가? 그때, 익히 안면이 있었던 얼굴
이 남궁지하의 얼굴에 들어왔다.

"아! 청절검 장로님."

반가움이 사무친다는 말은 이럴 때 쓰는 것인가?

아무리 도와주러온 고수들이라고 해도 모두가 낯선 사람
이라 왠지 데면데면했다. 매봉 유화영도 이름만 들었지 본 적
은 없었다.

그러나 청절검 장로는 자신이 무림맹에 가끔 갈 때마다 친
절하게 맞아준 명숙이었다. 청절검이 만면 가득 미소를 지으
며 반갑다는 표정을 지었다.

"남궁당주! 오랜만이군. 어쨌든 잘 버텨주었네."

남궁지하는 갑자기 눈이 시큰거렸다. 친숙한 얼굴을 보니
이제야 살았다는 실감이 제대로 난 탓이다.

"여기 이분들은 그러면 무림맹의 숨겨진……."

청절검이 고개를 저었다.

“이 친구는 한무루 대협이라고 하네. 더 이상 나에게 묻지 말게. 나도 이 친구의 내력에 대해서는 별로 아는 게 없으니까. 허허허.”

“그, 그렇습니까?”

“다행인 건, 이 친구가 적이 아니라는 것이지. 방금 자네가 본 이 엄청난 고수들이 다 이 친구와 직간접적으로 관계를 맺고 있거든. 난세에 이런 친구들이 있다는 것은 그야말로 강호의 홍복이지. 암. 그렇고말고.”

그 말에 남궁지하가 자신도 모르게 고개를 주억거렸다. 역시 예감대로 이 청년이 무리의 수장이었다. 그러나 남궁지하는 ‘자신의 예감이 그랬었나?’ 라는 생각이 들었다. 가장 어려보이는 이 청년이 수장이라고? 청절검 장로가 아니고? 자신이 무의식적으로 그렇게 판단했었다고?

남궁지하의 머릿속이 다시 헝클어졌다.

매봉 유화영이 맹주를 애잔한 시선으로 보다가 불쑥 무루의 양손을 움켜잡았다.

“공자님, 고맙습니다. 정말 고맙습니다. 제 아버님을 살려주셨으니……. 흑흑. 이 은혜 잊지 않을 것입니다. 제 목숨을 두 번이나 살려주셨을 뿐만 아니라 제 아버지까지 구하셨으니 정말로 평생 공자님 곁에서 보은할 것입니다!”

유화영이 구슬프게 오열하며 외쳤다.

유라가 '끙' 하는 신음을 내며 고개를 돌리다가 쓴웃음을 머금었다. 마차에서 내려 다가오던 학봉 이수린의 얼굴이 굳어지는 것을 본 것이다.

유라가 고개를 절레절레 흔들었다.

'젠장. 오라버니는 내 건데, 왜 이리 날파리들이 들러붙는 거야.'

유라는 애꿎은 땅만 퍽퍽 차댔다. 그녀 발에 부딪친 돌멩이들이 푸석하며 모래덩어리처럼 깨져 나갔다.

2

마붕권의 지휘 아래 용호산에서 살아남은 정파인들이 삭풍을 피해 마차 인으로 들이갔디.

마차에 있는 황금련의 특급무사들이 각 마차에 오른 사람들의 내상이나 부상을 일단 응급처치하기로 했고, 그래서 이각 정도 머물렀다가 이동하기로 결정이 났다.

남궁지하는 치료받는 수하들의 모습을 보며 가슴이 뿌듯해졌다. 버티고 버텨서 마침내 살아남았다는 희열이 그동안의 노고를 다 잊게 했다.

청절검이 그의 옆에서 다시 한 번 고생했다고 위로하자 남궁지하는 정말 오랜만에 시름을 잊고 밝은 미소를 지었다.

어느새 어둠이 사위에 깔리며 찬바람이 옷깃을 파고들었다. 그러나 남궁지하는 그토록 지겹고 공포스러웠던 삭풍이 이젠 시원하기까지 했다.

둘이 나란히 서서 그동안의 얘기를 도란도란 나누고 있을 때 무루가 다가왔다.

남궁지하는 왠지 모를 경외심에 침을 꿀깍 삼키며 무루를 향해 정중한 포권을 취했다.

"상황이 상황이다 보니 제대로 된 감사도 표하지 못했소. 남궁세가에서 내당주를 맡고 있는 남궁지하라 하외다. 본가는 그대가 보여준 이 호의를 결코 잊지 않을 것이오."

"청송장원에서 총호법을 맡고 있는 한무루라고 합니다."

무루의 답변에 남궁지하는 고소를 머금었다. 잠깐이지만 그에 대해 청절검을 통해 들었다. 그러나 의문은 풀리기는커녕 오히려 증폭하기만 했다.

"한 대협. 미안하지만 사문에 대해 물어도 되겠소? 내 강호 견식이 짧다고는 생각 못했는데 오늘 보니 우물 안 개구리였다는 것을 알게 되었소."

"말씀드려도 모를 것입니다. 강호에서 활동을 안 한지 아주 오래됐으니까요."

무루의 대꾸에 곁에서 지켜보던 청절검이 피식 웃었다. 남궁지하가 무안한 듯 입맛을 다시다가 당장 취해야할 행동에 대해 의견을 제시했다.

"나는 괜찮지만 부상자가 많소이다. 일단 안심하고 쉴 곳을 찾는 게 급선무외다."

청절검이 그의 말을 받았다.

"그렇지. 한 대협, 어디로 갈 생각인가? 분명 응담에 있는 사악련도들이 우리를 추격할 것이니 속히 안전한 곳으로 피해야 하네."

마차로 이동한다지만 그것도 한계가 있음이다. 겨울의 바람은 매섭다. 그러니 한시라도 빨리 몸을 녹일 수 있는 장소와 뜨뜻한 식사를 할 장소를 물색해야 했다.

무루가 고개를 주억거렸다.

"응담으로 갈 생각입니다."

그의 말에 남궁시하가 눈을 부릅뜨며 뒷목을 움켜잡았다.

"하, 한 대협. 뭔가 착각을 하신 것 아니요? 그곳은 사악련도들이 몰려 있는 곳이외다. 그곳을 피해 멀리 가야한단 말이외다!"

청절검도 놀란 표정을 지었다. 그러나 이내 혀까지 차며 허허롭게 웃었다.

"그렇군. 자네라면… 가능하지. 허허허. 나는 소극적으로 적의 추격을 피할 생각만 했거늘."

그의 말에 남궁지하도 놀란 가슴을 진정시키며 눈을 빛냈다.

차분히 생각해보니 그랬다.

이 사람과 저 청송단이란 무적의 단체가 있다면 충분히 응담을 휩쓸 수 있었다.

남궁지하는 옆머리가 지끈거리는 가벼운 두통을 느꼈다. 현실임이 분명하건만 여전히 비현실적인 상황들이었다. 그 무시무시한 사악련도들을 가볍게 생각하게 되는 날이 오게 될 줄이야.

하지만 한 편으로는 설레기도 했다. 마침내 원수들을 향해 반격의 서막이 오른 것이었다.

마침 근처에 다가온 이진표가 무루를 향해 입을 열었다.

"주군, 떠날 채비를 마쳤습니다."

"수고했소."

무루가 고개를 끄덕이고는 청절검을 향해 말했다.

"저는 먼저 청송단을 이끌고 응담의 사악련 거처를 정리해 두겠습니다. 제가 없는 동안에 별 문제가 생길 것이라고는 생각하지는 않지만 혹시 그런 일이 생기면 유라와 마 장로와 함께 상의하시면 될 겁니다."

청절검이 무루의 어깨를 어루만지며 말했다.

"고생하시게."

"그럼 잠시 후에 다시 뵙지요."

무루가 뒤돌아서서 걷자 조금 떨어져 있던 유라가 볼멘소리로 외쳤다.

"오라버니! 나도 같이 가고 싶은데! 응? 데려가줘!"

그녀의 어리광에 마 장로가 엄살을 피웠다.

"크허허. 우호법이 함께 있어야 우리가 든든하지요."

유라의 눈이 샐쭉해졌다.

"든든은 개뿔. 사꾕파파와 종통선생, 그리고 진, 묘까지! 무신급의 고수가 네 명인데 뭘 겁내? 참, 마 장로도 이젠 거의 무신급이잖아! 그럼 다섯 명. 나 하나 빠진다고 뭐가 문젠데?"

그녀의 말을 듣는 사람들은 경악하면서도 고개를 주억거렸다. 아까 유라와 진, 묘가 보여준 무위는 정말이지 경천동지할 만한 것이었다.

유라의 볼멘소리가 이어셨나.

"서른 명의 특급무사라는 애들도, 그럭저럭 봐줄 만하고. 나는 그냥 오라버니 따라가면 안 돼?"

유라가 고집을 피우자 마붕권이 머리를 굴렸다.

자신은 유라에게 점수를 따야 했다. 가뜩이나 미운 털이 박혀서 얼마나 고생했던가? 그리고 그 고생은 지금도 진행 중이었다. 이젠 털어버릴 때가 되었다.

학봉은 곧 봉황문으로 떠날 사람이고, 유라는 앞으로도 자주 마주쳐야 할 사람이 아닌가!

마붕권이 말에 오르는 무루를 향해 외쳤다.

"주군. 우호법의 말도 일리가 있습니다. 여기는 남은 사람들로도 충분하니 데려가시지요. 곧 뵐 터인데 큰 문제는 없을 것입니다."

유라의 눈이 동그래졌다. 마치 '이 할아버지가 왜 이래? 노망이 났나?' 라는 표정이었다.

그러나 싫지만은 않은지 배시시 웃으며 무루에게 간절하게 애원했다.

"마 장로도 그러라잖아. 응?"

무루가 무표정한 얼굴로 유라를 보다가 결국은 피식 웃었다.

"네 고집을 누가 말리겠냐?"

"야호!"

유라가 환호성을 지르며 어린아이처럼 좋아했다. 그녀가 밝게 웃는 모습을 보는 마차 안의 사람들은 부지불식간에 한숨을 토해내야만 했다.

마치 선녀 같은, 아니 선녀보다 더 아름다워 보이는 저 여인의 미소는 지칠 대로 지친 자신들의 가슴까지 설레게 만들 지경이었다. 그간의 피곤을 망각할 정도로 말이다.

그때 마차의 입구에서 머뭇거리고 있던 이수린이 불쑥 끼어들었다.

"그렇다면 저도 가겠어요."

짧지만 결연한 의지가 물씬 풍기는 목소리.

유라가 이수린을 향해 콧방귀를 뀌었다.

"흥! 넌 안 돼!"

이수린이 이를 악물고 대꾸했다.

"너는 되고 나는 왜 안 되지?"

"몰라서 물어? 넌 약하잖아? 우린 지금 싸우러 가는 거야. 그런데 너 같은 약졸이 있으면 성가시단 말이지. 너 머리 좋다며? 그럼 그 좋은 머리를 잘 굴려보라고. 어떤 것이 현명한 선택인지. 정신없이 싸우는 와중에 우리가 네 안위까지 살펴야 하겠어?"

유라의 말에 조용히 대화를 듣고 있던 남궁지하는 혀를 내둘렀다.

학봉 이수린.

그녀는 무림의 후기지수 중에서도 선두를 다투는 여인이었다. 문무를 겸비한 그야말로 인재였다.

그런 인재가 전력에 도움이 안 된다는 이유로 무시를 당하는 것이다.

마붕권이 이번에도 유라를 거들고 나섰다.

"봉황문주. 미안하지만 우리 우호법의 말이 옳은 것 같소. 물론 봉황문주의 능력이야 세상이 다 알지만, 이번 작전엔 맞

지 않다고 생각하외다. 괜히 문주가 다치기라도 하면 골치 아
파지지 않겠소이까? 봉황문에서 딴죽이라도 걸고 나서면 말
이오.”

마붕권의 말에 이수린의 눈동자가 흔들렸다. 뭐라 반박을
하고 싶은데 그럴 여지가 없었다.

반면 유라는 묘한 미소로 마붕권을 보았다.

마붕권이 최대한 미소를 머금으며 유라를 향해 말했다.
점수를 딸 수 있을 때 최대한 따놓자는 것이 그의 심산이었
다.

“우 호법. 내 얼굴에 뭐라도 묻었소이까?”

“응? 아니, 으음. 내가 그동안 마 장로님한테 뭔가 오해를
하고 있었던 게 아닐까라는 생각이 들어서요.”

마붕권이 속으로 쌍수를 들며 환호성을 질렀다. 역시나 순
진한 유라였다. 자신을 부르는 호칭에 ‘님!’ 자가 붙었고, 말
도 존대였다.

“크허허허. 오해가 있었다면 풀면 되는 거지요. 안 그렇습
니까, 우호법?”

그는 한 발 더 나갔다. 점수를 딴 김에 아예 쐐기까지 박아
야 나중에 유라가 잊어버릴 걱정이 없었다.

“우호법은 우리 주군을 옆에서 잘 보필해줄 안주인 아니십
니까? 아무 걱정 말고 주군과 함께 가십시오. 마차부대는 제

가 여기 있는 동료 분들과 함께 잘 이끌고 갈 터이니.”

“호호호. 알았어요. 고마워요, 마 장로님.”

그녀는 마붕권에게 한쪽 눈을 찡긋하고는 말에 올라타 무루를 향해갔다. 무루가 유라를 기다렸다가 함께 앞으로 나아가자 청송단이 그 뒤를 따랐다.

그들이 멀어지는 모습을 보며 마붕권은 가슴이 시원해지는 느낌을 받았다.

“휴우. 이제 고생 끝이군.”

그가 만족스러운 미소로 돌아서는데, 학봉 이수린이 자신을 향해 다가섰다.

“마 장로님.”

“아! 봉황문주.”

“어떻게 저한테 이러실 수가 있죠?”

“무, 무슨……..”

마붕권도 찔리는 것이 있는지 말꼬리를 흐렸다. 이수린이 그런 마붕권을 차가운 시선으로 직시하며 단호하게 말했다.

“마 장로님! 분명히 말해두겠는데, 저는 포기하지 않습니다. 그저 바라만 보려고 이곳까지 따라온 것이 아니란 말씀입니다.”

이수린의 예상 밖 강경한 발언에 마붕권이 움찔하며 대꾸하지 못했다.

"길게 생각하시는 것이 좋을 겁니다."

"봉황문주, 대체 무슨 말을 하는 건지……."

마붕권이 여전히 영문을 모르겠다는 듯이 말을 얼버무리자 이수린이 눈에 쌍심지를 켰다. 화로 인해 얼굴이 시뻘겋게 달아올랐다. 평소의 단아한 모습만 보여주었던 그녀의 변신에 주변 사람들이 놀랄 정도였다.

"저는 마 장로님이 주군을 진심으로 생각하는 충신이라고 생각하고 있어요."

"그야 물론이오."

"그러니 제대로 파악하시는 게 좋을 겁니다. 얼굴만 예쁘지 천둥벌거숭이인 유라가 그분에게 적합한지, 아니면 많은 것들을 그분에게 줄 수 있는 제가 더 그분에게 어울리는지 말이에요."

천연덕스럽던 마붕권의 미간에 주름이 잡혔다. 이수린의 말이 거침없이 이어졌다.

"이번 혈겁이 끝나면 본 문은 천하제일문이 될 겁니다. 강호사이래 어떤 정파가 가졌던 힘보다 더 많은 힘과 권력을 가지게 될 겁니다. 제 말이 무슨 뜻인지 아시겠어요? 진정으로 마 장로께서 주군을 위하신다면 선택은 분명한 겁니다."

이수린이 말을 멈추고는 잠시 호흡을 골랐다. 그러더니 평소의 맑은 미소를 지으며 생긋 웃었다. 과연 여인의 변신은 변화무쌍했다.

"장로님. 그리고 제 외모가 솔직히 떨어지는 것도 아니잖아요? 유라가 유별난 것이지. 모난 돌은 정 맞는 법이죠."

"……."

"가장 중요한 건 그분을 편안하게 해줄 사람이 누굴까 생각해보세요. 제가 보기에 유라는… 그분을 늘 성가시고 귀찮게만 만들고 있거든요. 현모양처가 될 수 있는 사람, 그분에게는 바로 그런 여인이 필요하다고 생각해요."

이수린이 그 말을 끝으로 돌아섰다. 그녀가 자신이 타려는 마차 안으로 들어서려는 순간 마붕권의 입술이 열렸다.

"개인적으로 나는 봉황문주, 학봉 이수린 소저가 참으로 좋았소."

이수린의 동작이 멈췄다. 그녀는 고개를 천천히 돌려 마붕권을 직시했다. 마붕권은 이수린의 의아한 시선을 받으며 말을 이었다.

"소저의 말이 다 옳소. 하지만……."

"하지만, 뭐죠?"

"솔직히 지금 실망했소."

이수린의 눈동자가 흔들렸다. 그녀는 입술을 지그시 깨물었다가 한숨을 한 차례 내쉬고는 물었다.

"왜죠? 제 말이 다 옳은데 왜 저한테 실망했다는 거죠? 저는 그분한테나 마 장로에게도 좋은 얘기를 했는데 말이죠?"

"나도 한 때는 소저와 비슷하게 생각한 적이 있소. 그러나 지금은 아니외다. 소저는… 얼마 전까지 내가 했던 실수를 하고 있소."

"그게 무슨 말이죠?"

"소저는… 소저의 기준으로 주군에게 도움이 될 거다, 아닐 거다라고 판단하고 있소. 소저만의 잣대로 자신이 주군에게 어울리는 여인이라고 생각하고 있소."

이수린이 발끈해서 외쳤다.

"맞는 말이잖아요."

"맞소. 하지만 틀리오."

"대체……. 무슨 말장난을 하시는 거지요?"

"주군에게 소저가 가지고 있는 권력, 명예, 부, 지위가 큰 의미를 가질 수 있다고 생각하시오?"

이수린의 눈동자가 흔들렸다. 마붕권이 답답하다는 어조로 말을 이었다.

"주군에게 현모양처가 필요하다고 보시오? 아니오. 주군은 그런 것에 개의치 않소. 주군은 수하들에게도 일방적인 충성을 요구하지 않소."

"그럼… 그분이 원하는 건 뭐죠?"

"순수함이외다."

“······?”

“자신의 의지를 가지고 자신의 길을 뚜벅뚜벅 나가는 자. 이해타산을 따지지 않고 순수하게 맑은 사랑을 하는 여인.”

“마 장로님. 대체······.”

“문주도 그런 여인이었소. 후우우. 그런데 이제는 아닌 것 같구려. 아니, 내가 문주를 잘못 봤었던 것일지도 모르겠소.”

마붕권이 씁쓸한 미소를 지으며 자신이 탈 선두의 마차를 향해 발을 옮겼다. 많은 사람들이 마차 안팎에서 이 두 사람의 난데없고, 갑작스러운 대화를 들었다.

남부러울 것 없을 것 같은 학봉 이수린이 왠지 측은하다는 생각도 들었고, 마붕권이 말한 무루란 청년의 성격에 대해서도 생각을 기울였다.

이수린은 매서운 칼바람을 온몸으로 받으며 마붕권의 뒷모습을 보다가 말했다.

“함부로 말하지 마세요.”

“······.”

“내 마음을 이해타산적이고 오염됐다고 함부로 말하지 마세요.”

마붕권이 어깨를 으쓱하며 대꾸했다.

“불쾌했다면 사과하겠소.”

“그런 식으로 따지면 유라도 마찬가지잖아요. 아니, 더하지요! 자신만이 그분의 짝이 될 수 있다고 생각하는 그 오만 불손함!"

"그녀는 순수한 거요."

"나도 순수해요. 내 모든 것을 다 주고 싶다고요. 내가 가지고 있는 것을 모두 다 주어도 아깝지 않아요. 이게 왜 나쁜 거죠?"

마붕권이 고개를 돌려 이수린을 직시했다. 그리고는 고개를 저었다.

"그게 나쁘다고 말한 것이 아니오."

"……?"

"당신이 하는 사랑의 중심에는 당신만 있소. 그분은 없소."

이수린이 어처구니없다는 표정을 지으며 반박했다.

"그 무슨 말도 안 되는!"

"어차피 사랑이 이기적이라는 것은 맞소. 하지만 알게 될 거요. 내가 말하는 것은 그것과는 다른 의미라는 것을."

"말해보세요. 그렇게 두루뭉술하게 넘어가지 말고!"

"가장 긴박한 순간, 혹은 삶과 인생을 두고 선택해야 할 선택의 시간. 그때 알게 될 거요, 내 말이 무슨 뜻인지."

그 말을 끝으로 마붕권은 자신이 타는 마차의 마부석에 올라탔다. 더 이상 대화를 나누고 싶지 않다는 명백한 의지의

표현이었다. 이수린이 발끈해서 그를 향해 달려가려는 것을
청절검이 붙잡았다.

"문주. 그만하시게."

"장로님, 놓으세요. 저는 대체 마 장로께서 무슨 말을 하는
건지 제대로 들어야겠어요. 해괴한 말로……."

"허어. 이제 우리도 슬슬 떠나야지. 당사자들의 사랑이 절
박한 것은 알겠지만 이곳의 다른 사람들 사정도 고려해줘야
지 않소?"

이수린이 주먹을 움켜쥐며 바르르 떨다가 어쩔 수 없다는
표정으로 자신의 마차 안에 탔다. 어쨌거나 자신은 손님일 뿐
이었다. 그리고 이 마차부대는 청송장원 소속이었다.

이수린의 뒤를 청절검과 남궁지하가 따라 올랐다.

잠시 후, 각 마차에서 긴급한 치료는 끝났다는 보고가 잇따
르자 이내 마붕권의 이동하라는 명이 하달됐다.

평야에 서 있던 마차들이 줄을 지어 움직였다. 부상자들을
고려해 빠른 속도를 내지는 않았지만 그렇다고 느리지도 않
은 속도로 마차들이 평야를 질주했다.

한참동안 말없이 생각에 골몰하던 이수린이 맞은편에 앉
은 청절검을 향해 물었다.

"청절검 장로님도 그렇게 생각하세요? 제가 그분을 사모하

는 것이 이기적이고, 편협하며 게다가 이해타산적이라고?"

청절검이 빙그레 웃으며 고개를 저었다.

"그렇게 생각하지 않네."

이수린이 반색했다.

"그렇죠?"

"문주의 사랑은 문주만의 사랑방식이지. 그걸 누구도 탓할 수는 없는 거라고 생각하네. 다만……."

말끝을 흐리는 청절검의 반응에 이수린의 눈가가 꿈틀거렸다.

"다만 뭐죠? 무슨 말씀을 하시려는 것이지요?"

"마 장로가 말한 것 중에서 문주의 사랑. 그 사랑의 중심에 한 대협이 없다는 말에는 조금 공감이 갔네."

"하아. 제 사랑에 그 사람이 없다니요? 제가 사랑하는 사람이 바로 그분이라고요."

이수린은 아무리 생각해도 마붕권이나 청절검이 무슨 말을 하는지 알 수가 없어서 진저리까지 쳤다. 대체 왜 자신의 사랑을 훼방하려 하는 것인지 당최 이해조차 가지 않았다.

청절검이 진지한 표정으로 물었다.

"그 사람이 좋아하는 것들이 뭐가 있나?"

"예?"

"그 사람이 추구하는 인생이나 가치관은 어떤 건가? 그 사람의 꿈은 무언가?"

"그, 그런……."

이수린이 당황하며 말을 제대로 하지 못했다. 청절검이 한숨을 깊게 내쉬고는 말했다.

"그런 것들에 대해 잘 모르면서 문주는 무조건 자신이 가지고 있는 것을 줄려고만 하지."

"하지만 보통 사람들이라면 당연히 반길 것들을 말한 건데요. 저 같은 현모양처. 그리고 명성과 권력 등……."

청절검이 고개를 저으며 그녀의 말꼬리를 잘랐다.

"그 사람이 보통 사람인가?"

"……!"

"문주가 아까 내세웠던 것들……. 만약 그 친구가 얻기를 희망했다면 예전에 얻지 않았을까? 그 절대적인 강함으로 무엇을 못할까?"

이수린의 얼굴이 빠르게 식어갔다. 청절검이 양손을 머리 뒤로 돌려 깍지를 끼며 말했다.

"나도 잘은 모르지만… 아마도 한 대협은 문주가 내세운 세속적인 것보다 한잔 술을 나누며 담소하는 것을 더 원하는 사람일걸세. 힘들고 어려운 일들을 함께 헤쳐 나가며 서로 마주보며 웃을 수 있는 시간을 소중히 여기는 사람일걸세. 그런 종류의 사람들……. 많지는 않지만 있지 않은가?"

“……”

“아닌가?”

마차 안에 침묵이 내려앉았다. 그렇게 한참을 조용히 있던 이수린이 고개를 밑으로 푹 꺼뜨렸다.

눈물 한 방울이 바닥으로 떨어지더니 잇달아 바닥을 적셨다. 그녀의 가녀린 어깨가 흔들렸다.

“맞아요. 그분은 그런 사람이에요. 그러니까 더 탐이 나요. 더 가지고 싶어요. 그는 분명 순수하게 나를 사랑하고 도와줄 사람이니까요. 나 역시 그런 그를 위해 많은 것을 해줄 수 있을 테고요.”

“……”

“절대적인 강함, 그리고 많은 은자를 가지고 하는 일이 근처 마을의 소외된 사람을 돕는 일을 하고 있었지요. 그 엄청난 힘을 가진 사람이 하는 일이 겨우…….”

청절검이 미소를 지으며 말했다.

“그 일이 겨우는 아니겠지, 적어도 한 대협에게는.”

이수린의 눈가가 찡그려졌다.

“하지만 그런 힘과 부를 가지고 있다면 더 큰 곳을 향해 비상을 해야지요. 난 그렇게 대단한 사람이 맑은 심성을 가진 것에 진심으로 놀랐어요. 제 심장이 움직였지요. 그래서 난 그 사람을 더 높은 곳으로… 내가 그 사람을…….”

“답답하군. 내 말은… 그 친구가 그걸 원했냐는 말일세.”

흔들리던 그녀의 어깨가 딱 멈췄다. 그리고 다시 떨렸다, 좀 전보다 더 격하게.

청절검이 한숨과 함께 질문을 이었다.

“그 친구가 야망에 불탔던가?”

“…….”

“한 대협이 그런 사람이었다면 호광지부를 구해준 일을 가지고 자랑을 하고 다녔겠지. 문주가 본 한 대협은 어땠나? 그런 것을 원하는 사람이었나?”

이수린이 입술을 잘근잘근 깨물다가 답했다.

“아니요. 분명 그 사람은 분명 야망이니 뭐니 그런 쪽에는 별 관심도 없어요. 그러니까 난… 그 사람이 가진 능력에 비해 너무 낮은 곳에 있으니까 너 높은 곳에 올려다주고 싶었던 것이에요.”

“자네가 있는 곳과 형평이 맞게 말인가?”

“……!”

이수린의 눈동자에 파문이 일었다. 어깨에 이는 경련이 더 심해졌다. 고개를 든 그녀의 얼굴엔 충격이 가감없이 드러났다.

청절검이 안타까운 얼굴로 말했다.

“문주. 문주는 한 대협을 위해 가진 것을 모두 버릴 수 있나? 봉황문까지 포함해서?"

"나, 나는……."

"아까 마붕권 장로가 말한 건, 그런 의미일걸세. 유라라는 여인은 그를 위해서 모든 것을 버릴 수 있다는 뜻이지."

"왜 버려야하죠? 힘이 있는데, 권력과 명성, 부가 있는데 왜 그걸 버리라고 하는 거죠? 함께 나누면 좋잖아요."

청절검이 혀를 찼다.

"내 말뜻을 모르는군. 버리고 안 버리고가 중요한 게 아니라 그럴 수 있는 마음이 중요하단 말이네."

"유라는 가지고 있는 것도 없잖아요."

"그래서 자유롭지."

"예?"

"한 대협도, 유라도… 순수하고 자유로운 영혼을 가졌단 말일세. 그 점을 마 장로가 언급한 거네."

잠시 말이 끊겼다. 이수린은 이를 악문 채 침묵하다가 말했다.

"저도… 다 버릴 수 있어요. 그분이 원한다면!"

청절검이 소리없이 웃고는 고개를 마차의 창밖으로 돌렸다. 그런 그의 표정은 이수린은 결코 그럴 수 없다라는 것을 말하고 있었다.

'넌 못한다. 지금 사람의 열병에 취해 모든 것을 다할 수

있을 것 같겠지만 너는 본질적으로 야망이 큰 아이지. 나는
봉황문에서 그런 너를 보았다. 그렇게 살아왔고 또한 그걸 원
하고 있어. 결국 네가 한 대협을 억지로 취한다면 처음엔 좋
을지라도 나중에 그의 자유로움에 넌덜머리를 내게 되고 말
지. 그의 야심 없음에 화를 내겠지. 많은 보통 사람들이 사랑
을 잃어가는 것과 마찬가지의 불화를 겪게 될 터이고.'

　침묵이 감도는 마차 안.

　남궁지하가 불쑥 입을 열었다.

　"그런데… 대체 한 대협이 있다는 청송장원은 어디에 있는
겁니까? 아무리 기억을 더듬어 봐도 들어본 적이 없는데."

　돌발적인 질문에 청절검과 이수린이 동시에 실소를 픽하
니 흘렸다.

第二章
계획 변경

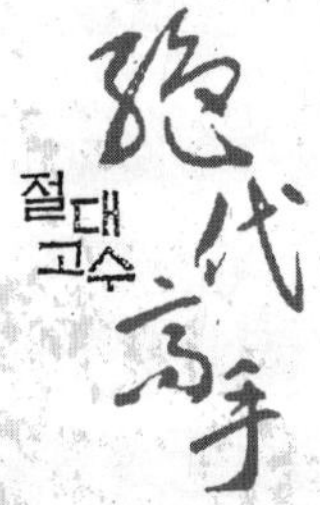

1

슈우욱. 푸욱.

비수가 허공을 가르더니 누군가의 살 속 깊숙이 파고들었
다. 그리고 뜨겁게 달아오르던 한 노인의 몸이 차갑게 식기
시작했다.

"안녕히. 파도문의 탐욕스런 문주여."

자객루주가 요사스러운 미소를 흘리며 말했다.

파도문주는 가슴에 박혀 있는 비수를 부여잡은 채 망연자
실한 표정을 지었다. 화가 난다기보다는 어이가 없었다.

"대, 대체 너는 누구지?"

말하는 입에서 검붉은 피가 솟구쳐 올랐다. 그는 숨을 헐떡이면서 자객루주를 쏘아보았다.

미녀들이 많다는 기루에 놀러왔고, 가장 마음에 드는 계집을 골랐다. 그런데 그 계집이 침상에서 갑자기 비수를 심장에 박아 넣은 것이다. 옷을 벗어젖히고 덮치는 순간에 말이다.

"호호호. 저승사자한테 물어봐. 알았지?"

"이, 이러고도 네가… 살아 나갈 수… 있을 것이라고 생각하느냐?"

그의 목소리가 눈에 띄게 흐려졌다. 자객루주는 어깨를 으쓱하며 핀잔을 주었다.

"이곳에 같이 놀러온 장로들을 믿는 거야? 아이, 참. 그 작자들도 같이 황천길 갈 거니 외롭지는 않을 거야. 아마 내 수하들이 지금쯤 다 처리했을 걸."

"……!"

"네 아들은 살려줄게. 그 멍청이는 살리는 것이 득이거든. 그러면 너처럼 탐욕스러운 파도문의 간부들이 네 아들을 뜯어먹고 살겠지."

파도문주는 정신을 수습하려고 애썼다. 그러나 그의 심장은 이미 작동을 멈춰가고 있었다.

"대체 왜 우리들을……."

자객루주는 놀랍다는 듯이 눈까지 치켜뜨며 대꾸했다.

"어머, 그걸 몰라서 물어? 생각해봐. 강서 땅에 들어와서 너희들이 죽인 사람들과 무너뜨린 방파가 얼마나 되는 지. 그들을 대신해서 내가 나선 거지. 뭐, 정의의 사도라고나 할까? 호호호. 자객이 이런 말하니까 좀 우습긴 하다."

자객루주는 입고 있는 얇은 나삼을 벗었다. 그러자 굴곡지고 성숙한 여체가 모습을 드러냈다. 그녀는 침상 밑에서 야행복을 꺼내 옷을 갈아입으며 말했다.

"죽기 전에 찐한 경험이라도 시켜줄까 했는데 미안. 나 좋아하는 사람 생겼거든. 어? 벌써 죽은 거야?"

그녀는 아쉽다는 듯이 말하고는 몸을 돌려 내실 밖으로 나갔다.

기루의 칠 층 복도.

아무도 없는 그곳을 그녀가 천천히 거닐었다.

"상황 보고하도록."

들뜬 기색은 자취도 없이 사라지고 냉랭함만 남은 그녀의 목소리. 천장에서 나직한 대꾸가 새어나왔다. 오영살 중 일영살이었다.

"파도문의 일곱 장로 중 넷 척살. 소문주는 기절시켜두었습니다."

"좋아. 그럼 네 늙은이만 처리하면 되는 것이군. 흐음. 그 다음엔 패궁까지 손을 볼까?"

“그것도 나쁘지 않겠지요. 호호호.”

자객루의 살수들은 아주 신이 났다. 뒷걱정하지 않고 마두들을 제거할 수 있다는 사실 때문이었다.

그런데 다른 목소리가 끼어들었다. 삼영살이다.

“루주님. 패궁은 우리가 개입할 필요가 없습니다.”

복도를 걷던 자객루주의 눈가가 살짝 일그러졌다. 그녀가 눈을 치켜 올리며 살벌함까지 느껴지는 어조로 물었다.

“그게 무슨 말이지? 우리의 총호법께서 패궁을 친다 하셨지만 우리가 대신 해줄 수도 있는 거잖아. 굳이 전면전이 아니라 지금처럼 우리가 깔끔하게…….”

“그런 뜻이 아니라… 살문의 흑살이 유령귀들을 데리고 움직였습니다.”

자객루주의 눈에 곤혹스러움이 떠올랐다.

“살문이? 그들은 아직 잔월궁을 완전히 처리하지 못해서 이번 일에는 빠진다고 했잖아? 분명 총호법의 일에는 봄부터 합류한다고 그랬는데.”

“예. 그랬었지요. 그런데 흑살이 한 공자에게 말하기를 친구가 바쁜데 구경만 할 수 없다고…….”

자객루주가 어이없다는 표정으로 물었다.

“하아! 염병! 그래서 패궁의 수뇌부를 살문이 책임지겠다고 했다고?”

"예. 게다가 패궁 외에도 다른 사파인 흑수장도 처리해주
겠다고……."

자객루주가 눈에 쌍심지를 키고 이를 바드득 갈았다.

"흥. 뒷감당 걱정 없으니 제 멋대로 활개를 치겠다는 거군.
그자가 지금 총호법에게 제대로 눈도장을 찍어두겠다는 거라
고!"

"……."

"그 사실을 왜 이제야 보고해?"

"한 시진 전에 들어온 정보입니다. 그때는 루주께서 파도
문주와 함께 매화주를 대작하느라……."

"변명은 집어치워. 전음으로 알릴 수도 있었잖아."

"하지만 파도문주는 오백위의 초인입니다. 자칫 루주의 표
정에 지금처럼 변화라도 있을까 지이해서……."

"갈! 변명은 하지 말라고 했잖아!"

그녀가 주먹을 불끈 쥔 채로 부르르 떨다가 명을 하달했다.

"당장 총호법에게 전해. 우리는 파도문의 남은 세 장로들
을 처리하는 대로 파염국과 운악궁까지 맡겠다고."

흑살이 맡겠다는 흑수장. 그리고 그녀가 언급한 파염국, 운
악궁.

강서성에 있는 세 개의 대표적인 중견 사파이다. 그리고 그
모든 곳은 원래 무루가 맡기로 한 곳이었다.

그녀의 일갈에 천장에서 나오는 음성은 당혹스러움을 담고 있었다.

"하, 하지만 그러면 너무 바쁜 일정이 되지 않겠습니까? 자고로 자객은 죽여야 할 자의 습관이나 행동을 주시하는 데 많은 시간을……."

"닥쳐! 그럼 우리가 살문에 밀려야 한단 말이야?"

그녀의 서슬 퍼런 반문에 수하가 침묵했다.

"당장 그렇게 전서구를 날려. 우리가 그렇게 총호법을 돕겠다고!"

"존명."

"그리고, 또 한 가지. 앞으로 살문의 움직임에 주시해!"

"예? 그들과 우리는 한편이 아닙니까?"

자객루주는 주먹으로 가슴을 치며 답답해했다.

"멍청한! 정말 모르는 거야? 본루의 미래는 결국 총호법과 함께 있을 일 년에 달린 거야. 생각해 봐. 흑살 그자가 총호법과 벗이니 뭐니 하면서 계속해서 친하게 지낼 모습을! 우리도 그자 못지않게 총호법과 가까운 인연을 맺어야해. 그렇지 못하면 본루는 수십 년 이상 흑살 그놈의 눈치를 보며 살아야 할지도 모른다고!"

"아! 무슨 뜻인지 알겠습니다."

자객루주가 이를 갈며 눈을 빛냈다.

"흑살, 결코 네 녀석의 눈치를 보며 살지는 않아! 너희가 잔월궁을 누르고 자객 조직의 서열 일위로 올라선다 해도 중요한 건 서열이 아님을 나는 알고 있지. 관건은… 호호호. 총호법과의 친분이지."

자객루주는 색기가 넘치는 입술을 손가락으로 부드럽게 훑었다.

하룻밤.

단 하룻밤의 인연만 맺을 수 있다면 그는 자신의 성정상 결코 자신을 외면하지 못할 것이다.

문득 그녀의 발걸음이 멈췄다. 그리고 그녀의 어깨가 축 내려섰다. 한숨이 절로 새어져 나왔다.

"그 빌어먹을 하룻밤이 쉽지 않을 것 같단 말이지. 빌어먹을! 고자도 아니라면서 왜 나를 그렇게 목석같이 보는 거야?"

복장이 터졌다.

지금껏 원한 사내를 단 한 번도 품에 안지 못한 적이 없어서 더 그랬다. 그를 보고 난 이후로 다른 녀석들은 다 쭉정이로 보여서 더더욱 그랬다.

하룻밤.

그 하룻밤만 취할 수 있다면, 그 추억으로도 평생 행복할 것만 같았다. 죽어도 좋을 것 같았다. 그녀 평생 처음으로 느끼는 순애보였다.

무루는 이틀 전에 들어온 흑살의 연통에 이어 방금 도착한 자객루주의 서신을 보며 곤혹스러워졌다.

"대체 왜 갑자기 이 둘이⋯⋯."

무루는 의아한 표정으로 고개를 갸웃거리다가 이내 흑살과 자객루주의 의도를 짐작해내고는 쓴웃음을 지었다.

"서로 무리하게 경쟁하고 있군. 쓸데없는 짓을⋯⋯."

무루의 말에 회의실에 모인 사람들이 모두 고개를 끄덕였다.

학봉 이수린이 먼저 입을 열었다.

"이렇게 되면 총호법의 행보가 매우 여유로워지시겠군요. 계획도 어제에 이어 다시 수정해야 할 테고 말이죠."

뒤질세라 매봉 유화영이 말을 받았다.

"잘 됐네요. 그럼 사실상 이번 출정의 목표는 강서 땅에 있는 사악련도들의 거점으로만 하면 되겠네요. 총 네 개의 거점 중 이곳 웅담을 회복했으니 남은 것은 세 곳!"

원래 무루의 다음 목적지는 패궁이었다. 그 다음이 흑수장. 그렇게 강서 땅을 북에서 동쪽으로 움직인다. 이어서 남쪽과 중앙으로 이동한 후 청송장원으로 귀환할 계획이었다.

그런데 흑살의 연통에 의해 계획을 바꾸느라 출정을 하루 연기했는데 또 다시 자객루에서 서찰이 전해진 것이다.

모두의 시선이 회의실의 벽에 걸린 지도로 향했다.

살문과 자객루가 담당한 지역을 빼니 중앙과 남쪽만 남았다.

마붕권이 어깨를 으쓱하며 입을 열었다.

"이거 여유롭게 움직여도 계획했던 오십 일의 절반이면 이번 출정의 목적은 충분히 이루겠습니다."

유라가 손뼉을 치며 신나 외쳤다.

"잘 됐네. 그럼 좀 유람도 하면서 다니자. 사실 강호출도하고도 돌아다닌 곳이 너무 없었단 말이야. 어때, 오라버니?"

모두가 쓴웃음을 지었다.

그러니 유리의 성정을 잘 아는지라 좌중은 그냥 무시하는 것으로 그녀의 말을 넘겼다. 그러나 학봉 이수린은 달랐다.

"천하가 도탄에 빠져 있는데 유람이라니 참으로 한가한 말이군요. 어떻게 생각하는 것마다 그리 유치한지."

방긋 웃던 유라의 얼굴이 대번에 사나워졌다.

"우리가 천하를 어지럽혔어? 그리고 원래 싸우는 동안에도 사람은 사랑도 하고 그러는 거야."

"이곳 응담에서 사악련도들이 저지른 패악을 보지 못했나요? 하루라도 빨리 우리가 움직이고 고생하면 죽지 않아도 될 많은 생명을 구할 수 있어요.”

둘의 설전이 확장하기 전에 무루가 끼어들었다.

“그만. 봉황문주의 말이 옳소.”

그의 결정에 유라가 얼굴을 붉으락푸르락하며 입술을 깨물었다. 그러나 차마 무루에게 시비를 걸지는 못하고 숨소리만 거칠게 뿜어댔다. 반면 이수린은 승리의 미소를 거머쥐었다.

무루는 지도에 눈을 고정시킨 채 마붕권에게 물었다.

“마 장로. 우리의 힘으로 저 세 곳의 사악련 거점 중 가장 어려운 곳이 어디라고 생각하시오?”

마붕권이 씩 웃으며 냉큼 답했다.

“없지요. 주군이 함께 있는 데 감히 어디가…….”

무루가 그의 말을 잘랐다.

“내가 없다면 말이외다.”

“예?”

마붕권이 눈을 동그랗게 뜨며 당황했다. 그러나 이미 주군은 이미 하문했다.

마붕권은 고개를 갸웃거리면서 대답했다.

“그래도 굴복시키지 못할 곳은 없습니다.”

팔짱을 낀 채 심드렁한 표정을 짓고 있던 묘가 무루를 향해 말했다.

“홍. 당신의 눈치를 보는 살문과 자객루가 충성 경쟁을 보이니 만사가 귀찮아졌나보지? 하긴, 너 같이 무식하게 강한 자는 이런 싸움이 귀찮을 수도 있을 거야. 넌 애초에 강호의 대의니 협이니 그런 것은 상관없어 했으니까. 우리 사부님이 함께 싸우자고 했을 때도 넌 그 조그만 안의 땅에 처박혀 있겠다고 했으니.”

그녀의 독설에 유라가 발끈했다.

“왜 끝난 얘기를 꺼내는 거야? 네 사부도 생각이 짧았다고 시인한 얘기잖아.”

진이 한숨을 삼키고는 맞받아치려는 묘를 제지했다.

“묘. 그만해라. 어찌됐건 총호법이 있어서 무림맹주를 구했고, 남궁세가주도 구했다. 그리고 우리도 구했지. 또한 총호법은 자신의 동생이나 다름없는 구위영 소협의 안위를 생각하고 있는 것이 아니겠느냐? 무슨 일이 생기면 언제라도 달려갈 준비를 하고 계신 분이다. 그러니 이렇게 강서 땅에서 움직이는 것만으로도 정파는 감사해야 하는 것이 도리야.”

진이 시선을 돌려 무루에게 말했다.

“미안하게 됐소, 총호법.”

무루는 개의치 않는다는 표정으로 답했다.

“괜찮습니다.”

무루는 짤막히 대꾸하고는 다시 마붕권에게 말했다.

"요방 지역과 나역 쪽의 사악련도들은 그 규모가 그리 크지 않아. 마두 몇몇이 강하긴 하나……."

마붕권이 고개를 끄덕이며 무루의 말 중간에 답했다.

"그렇습니다. 기실 그 두 곳은 주군뿐 아니라 청송단이 빠져도 어렵지 않게 제압할 수 있습니다. 여기 있는 고수 분들과 황금련의 특급무사들이 가세하면 말이죠. 다만 이곳 응담처럼 몰살시키는 것은 불가능하겠지요. 조금 시간도 걸릴 테고 사상자도 어느 정도 감수해야 할 터이고 말입니다."

"청송단이 합세하면?"

마붕권이 씩 웃었다.

"요깃거리죠. 한 시진 안에 완전히 제압 가능하지요. 크크큭."

모두가 고개를 끄덕였다.

사실 청송단 일백 초인이 검강을 피우고 돌진하면, 무신급인 고수조차 오금이 저릴 정도였다. 청송단이 아군이기에 망정이지, 적이었다면……. 그건 정말이지 꿈에서도 보기 싫었다.

무루가 고개를 주억거렸다.

"그래. 그럴 거야. 하지만 백운산은 골치 아프지."

백운산은 녹림십팔채 중 백운채가 있는 곳이다. 그곳으로 근방의 사악련도들이 합세해 꽤 큰 규모를 이루고 있었다.

예전에 청송표국이 표물을 강탈당해 소유량이 수모를 당하게 만들기도 했던 지역.

물론 그들이 잔인하고 수가 많다고는 하지만 지금 이곳에 있는 고수들의 무력에 비하면 조족지혈이었다.

그러나 백운산은 산세가 험해 접근이 용이하지 않았다. 오죽하면 얼마 전까지 강서 땅에서 악명을 떨치던 흑룡문조차 백운채라고 하면 고개부터 저었겠는가?

이수린이 입을 열었다.

"일단 백운채를 무너뜨리는 건 적지 않은 시일이 소요될 거예요. 그러니까 이번 행보에 가장 마지막에 둔 것 아닌가요? 그곳에서 시간을 쓸데없이 잡아먹으면 골치 아파질 수도 있을 테니 말이에요."

무루가 고개를 지었다.

"그건 아니오. 일단 무림맹주를 구하는 것이 더 급하다 여겨 반대쪽으로 이동했고, 원을 그리듯이 돌며 방향을 잡다보니 백운채가 나중이 된 것일 뿐."

이수린의 얼굴이 구겨졌다. 그 모습에 유라가 낮게 혼잣말로 웃었다.

"호호호. 잘난 체하기는."

나직하게 말했다고는 하지만 회의실에 있는 자들은 다 들을 수 있는 청각의 소유자들. 좌중이 고소를 머금었고 이수린은 입술을 깨물었다.

두 미녀가 소리없이 눈싸움을 벌였다.

무루가 입바람으로 머리칼을 쓸어 넘기고는 고민스러운 표정을 지었다. 마붕권이 조심스럽게 그를 향해 물었다.

"대체 무슨 생각을 하시는 겁니까? 혹 주군께서 따로 움직이시려는 겁니까?"

그의 말에 모든 사람들이 그럴 수도 있겠다는 표정을 지었다.

한무루.

이 사람은 능히 혼자서 움직여도 상관없는 인물이었다. 예전 적검왕이 마교의 정예 수천과 홀로 싸웠듯이 말이다. 그리고 이 사람은 적검왕보다 더 강한 존재가 아닌가.

계속 침묵하던 청절검이 입을 열었다.

"총호법이 홀로 반대 방향으로 움직인다면 시일이 더 줄어들겠군. 그것도 괜찮은 계책이네. 이곳의 사람으로도 충분히 작전을 수행해 나갈 수 있으니."

무루가 고개를 저었다.

"저는 백운채만 맡을 생각입니다."

"……?"

"저를 제외한 이곳의 모든 전력은 백운채만 빼고 일정대로 움직여주십시오. 어쨌든 시일이 많이 단축될 것이니…… 일이 다 끝나면 패궁이나 파도문을 주시해주십시오. 그들이 예상을 깨고 본거지로 돌아가지 않으면 어느 정도 피해를 입히는 것도 생각하시고 말입니다."

청절검이 말을 받았다.

"한 대협은 백운채를 처리하고 다시 우리와 합류하는 것이 아닌가?"

"저는 먼저 청송장원으로 돌아가겠습니다."

그의 예상치 못한 말에 모두가 놀랐다. 이수린이 가장 빨리 반응했다.

"그럼 저도 이곳에 머물 이유가 없겠군요."

자신도 청송장원으로 돌아가겠다는 의사표시였다. 동시에 무루가 돌아오길 기다리겠다는 속내였고. 그것을 간파한 유화영도 즉시 말했다.

"저 역시 아버지를 모시고 일단 청송장원에 몸을 의탁하고 싶은데. 괜찮겠지요?"

청절검 옆에 앉아 있던 남궁지하도 말했다.

"음. 그럼 본가도 잠시 그곳으로 가도 되겠소이까? 저희들만 이곳에 남았다가는 아무래도 불안하니……."

유라가 갑자기 빽 소리를 질렀다. 그녀의 불꽃 튀는 시선이 이수린과 유화영에게 쏠렸다.

"안 돼! 당신들 둘! 절대 안 돼. 당신들이 가면 나도 돌아갈 거야!"

갑자기 모두가 돌아가겠다고 외치고 나서니 회의실의 분위기가 소란스러워졌다.

묘가 혀를 차며 모두를 비웃었다.

"쯧쯧. 아주 웃기게 돌아가는군. 수하들은 전장에 내보내고 저네들은 뒤로 숨겠다는 거잖아? 아주 재미있어. 깔깔깔."

묘의 웃음에 몇몇 사람들이 얼굴을 찡그렸다.

마붕권은 느닷없는 무루의 말에 입맛을 다시다가 고개를 주억거렸다.

"뭐. 지금 말하신 분들이 빠져도 큰 상관은 없습니다. 주군. 그럼 저는 청송단주와 함께 명을 계속 수행하겠습니다."

마붕권은 남은 사람을 계산해보았다.

자신과 청송단, 황금련 특급 무사; 그리고 사굉파파와 태상장로, 진과 묘.

주군을 제외하면 가장 고강한 고수인 유라가 빠지는 것이 무척이나 아쉬웠다. 하지만 작전을 수행하는 데 큰 어려움은 없을 터였다.

그런데 엉뚱하게 딴죽을 건 사람은 이 모든 불화의 씨를 제공한 무루였다.

"미안하지만 모두 불가하오."

"……?"

"이번 작전의 수장은 세 명! 공동수장으로 이어가 주시오."

청절검이 이해가 가지 않는다는 표정으로 물었다.

"그건 또 무슨 말인가?"

"봉황문주, 그리고 무림맹주님과 남궁가주님. 이 세 분이 주축이 되어주시면 좋겠소."

유라가 멍청한 표정을 지으며 말했다.

"오라버니! 싸움은 우리가 다 하는데 왜 저들이 하는 것으로 하자는 거야?"

"적을 속이기 위해서! 그리고 구위영의 안전을 위해서다."

그의 말에 모두가 말문을 잊고 멍하니 무루를 보았다.

"봉황문주가 용호산으로 지원군을 이끌고 와 도운 것으로 하는 거다. 그리고 우리 사람들이나 황금련의 무사들은 맹주님과 남궁세가가 숨겨둔 비밀 세력으로 히는 거다."

그의 말에 봉황문의 이수린, 무림맹 소속인 청절검과 유화영, 그리고 마지막으로 남궁세가의 남궁지하는 눈을 부릅떴다.

이번 작전의 공은 무림에 거대한 희망을 안길 것이다. 그 엄청난 공을 자신들이 공짜로 가지라는 것이었다.

마붕권은 신음을 삼키며 입을 다물었고 유라는 기가 막힌다는 표정을 지었다. 진과 묘는 황당하다는 얼굴로 무루를 뚫어지게 보았다.

세상의 어떤 이가 이렇게 명예에 무관심할 수 있단 말인
가? 정파의 대영웅으로 뜰 수 있는 자리를 박찰 수 있단 말인
가?

유라가 자리를 박차고 일어났다.

"오라버니! 다 좋다 쳐. 그런데 구위영 사형의 안전하고 이
게 무슨 상관이야?"

무루가 정색하고 유라에게 대답했다.

"본 장원의 온전한 힘이 드러나면 구위영이 위험해질 수도
있다."

"……!"

유라의 눈동자가 흔들리더니 결국 고개를 숙이고 자리에
털썩 앉았다. 무루의 말이 옳았다. 저들은 청송장원의 힘을
아직 모르고 있었다. 그 힘이 들통 나면 구위영도 의심받을
수밖에 없었다.

마붕권이 쓴웃음을 지으며 말했다.

"이미 암독왕과 다 얘기가 되어 있었던 겁니까? 우리의 힘
은 드러내되 정체는 숨기려고."

"그렇소."

"진즉 말씀해주시지."

"처음부터 그런 얘기를 하면 사기가 떨어질 수도 있다는
암독왕의 건의가 있었소."

"크허허. 그렇군요. 하여간 그 친구는 너무 머리를 잘 굴린다니까. 하긴 상관없지요. 저도 그렇고 청송단도 그렇고 주군하고만 함께 있으면 그런 건 개의치 않을 테니까요. 바로 그 점에서 의문이 생겼습니다. 왜 갑자기 주군께서 우리와 떨어지시려는 것인지? 이런 상황에서 주군까지 나가시면 힘이 빠집니다. 아시잖습니까?"

사람들이 무루의 입에 주목했다.

분명 얼마 전까지 무루는 이 행군을 함께하려던 것이 분명했다. 그런데 갑자기 생각을 바꾼 이유가 궁금해졌다. 사기가 떨어질 것까지 감수하면서 말이다.

무루가 조용히 앉아 있는 이진표를 보며 말했다.

"내가 잠시 자리를 비운다 해도 청송단의 사기가 저하되지는 않을 거라 믿소. 안 그렇소?"

이진표가 씩 웃었다.

"물론입니다. 물론 주군과 함께하는 것이 더 큰 영광이고 행복이겠지만 자리에 없더라도 본단은 주군의 명을 완수할 것입니다. 한 치의 오차도 없이 말입니다."

묘가 결국 궁금증을 참지 못하고 물었다.

"대체 총호법께서는 다들 찬바람 맞으며 강행군하고 있을 때 청송장원에 박혀서 무엇을 하시려는 거죠?"

유라가 눈을 부라리며 대신 대꾸했다.

"우리 오라버니가 놀아? 백운채인가 뭔가를 혼자 처리한다 잖아!"

"흥! 물론 좋은 일이지. 근데 그 다음을 묻는 거잖아! 좌호법 구위영의 문제라면 급한 일이 생기는 즉시 암독왕이 연통을 넣어준다고 한 것으로 아는데."

무루가 대꾸했다.

"신경이 쓰이는 것이 있어서 말이오."

"그러니까 그게 뭐죠? 한 배를 탔는데 그 정도는 알려줘도 되지 않나요? 같이 목숨을 걸고 싸우는데 혼자 비밀을 간직하는 사람, 저 별로 좋아하지 않거든요."

"적검왕 어르신."

"……!"

"그분을 한 번 보고 와야겠소. 떠나보낼 때의 얼핏 본 그분의 표정이 너무 비장했던 것이 신경이 쓰여서……. 그리고 적들은 분명 어르신께서 다시 마교를 막으려한다는 것을 예상할 수 있을 것이오. 필시 준비를 해둘 터인데, 그 점이 우려가 되오."

진과 묘의 얼굴이 뭐라 말할 수 없을 정도로 시시각각 변했다. 갑자기 회의실의 공기가 무겁게 가라앉았다.

무루는 담담한 얼굴로 말을 이었다.

"먼 길을 빨리 갔다와야하니, 아무래도 홀로 가는 것이 편

할 것 같아서 말이오."

묘가 입술을 질경질경 깨물었다. 그녀의 어깨가 미세하지
만 계속 경련을 일으켰다. 반면 진은 감동한 얼굴로 자리에서
벌떡 일어나 외쳤다.

"총호법!"

그는 부리나케 무루의 자리 옆으로 달려와 손을 덥석 잡았
다.

"고맙소. 그대가 가서 내 사부님의 형편을 살펴준다면 바
짝 타들어가고 있는 내 마음이 한시름 놓을 것이오. 두 다리
를 쭉 펴고 잘 수 있을 것이오."

"진 대협께는 미안하게 생각합니다. 진 대협이 가보는 것
이 이치에 맞으나……."

진이 미소 지으며 고개를 세차게 저었디.

"사부님께서는 총호법을 도우라고 엄명을 내리셨소. 그리
고 내가 가는 것보다 총호법이 가는 것이 큰 힘이 된다는 것
을 모를 정도로 내가 어리석지는 않소. 고맙소. 정말 고맙
소."

진이 연신 무루의 잡은 손을 흔들었다.

입술을 꾹 깨물고 있던 묘가 눈시울을 붉히며 말했다.

"우리 사부님……. 생각해주고 있었던 거야?"

"……."

“치사한 자식. 그런 기색을 조금 내비쳐주면 어디가 어때서……”

“미안하게 생각하오.”

묘는 입술을 꾹 깨물고 가슴을 진정시키고는 단숨에 말했다.

“총호법. 여기 일은 걱정하지 마. 뼈가 부서지도록 싸워줄 테니까. 나 혼자서라도 다 해치워줄 테니까. 사악련도들 아주 싹 쓸어버릴 거니까.”

묘는 눈물이 나오려는 것이 들키기 싫은지 고개를 위로 올리고는 잠깐 뜸을 들였다 말을 이었다.

“고마워. 미안해.”

그녀가 일어섰다. 그리고 돌아서 나가며 마지막 말을 했다.

“그리고 부탁해.”

그녀가 나가자 사람들은 서로를 마주보며 싱긋 웃었다. 무루를 바라보는 모두의 얼굴에 고마움이 담겼다.

청절검이 인자한 얼굴로 말했다.

“한 대협. 일단 이번 작전을 우리가 하는 것으로 하겠지만 나중에 때가 되면 다 밝히겠네.”

이수린도 거들었다.

“반드시 그럴 거예요. 공자님의 이런 결단과 희생들을 세상에 알리겠어요. 청송장원이 일궈낼 업적을 우리가 가로챈다면 그건 도둑놈 심보지요."

무루가 피식 웃고는 고개를 저었다.

"나중에 유라나 구위영, 마붕권, 청송단 등등 그들 모두를 밝히는 것은 상관없소. 하지만 그때에 난 꼭 빼주시오."

이수린이 눈가를 찌푸렸다.

"공자님께서 중심이 돼서 하신 거잖아요. 공자님은 정파인의 영웅이고 당연히……."

"난 귀찮은 건 질색이오."

"하지만……."

"만약 나를 귀찮게 한다면, 난 그 사람을 안 볼 것이오."

잠시 생각에 골몰하던 유라가 입을 열었다.

"니도 빼. 그냥 무림맹 소속이라고 둘러대."

모두가 의외라는 듯이 유라를 보았다. 특히나 이수린이 받은 충격은 컸다.

"왜지? 명성과 많은 것들을 가질 수 있는데?"

"내가 유명해지면… 세상의 남정네들이 날 보고 싶어서 청송장원으로 몰려들 거 아니겠어?"

"……."

"난 오라버니한테 의심받는 거 싫거든."

자화자찬으로 시작했다가 단순하게 빠지는 그녀의 말에

마붕권과 청절검이 동시에 폭소를 터뜨렸다.

"크하하하."

"허허허."

유라가 웃는 두 사람에게 버럭 외쳤다.

"이 할아버지들이 미쳤나? 갑자기 왜 웃어? 난 진지하게 말했는데!"

마붕권이 손사래를 치며 답했다.

"크허허허. 다른 뜻은 없어요. 단지 우호법의 그 놀라울 정도의 순수함이 감탄스러워서 그런 겁니다."

"지금 나 놀리는 거지?"

"아닙니다. 아니에요."

"놀리는 거 맞는 거 같은데? 나 단순하다고 그러는 거 같은데?"

"아니라니까요."

이수린은 탁자 밑의 주먹을 꽉 말아 쥐었다. 그 하얗게 작은 주먹이 부들부들 떨렸다.

'어떻게 그럴 수가 있지? 권모술수를 쓰는 것도 아니고 힘겹게 노력해서 얻어낸 정당한 대가를 어떻게 저리 가볍게 여길 수가 있지? 이건 당연한 권리잖아!'

그녀의 시선이 유라에게서 무루에게 옮겨졌다. 그 순간 그녀의 주먹이 더 강하게 쥐어졌다.

무루가 유라를 보며 못 말리겠다는 표정을 짓고 있었다. 그러나 그 입가에 미소가 맺혀 있었다.

자신에게는 한 번도 지어주지 않은 따뜻한 미소가.

가슴 깊은 곳에서 화가 치밀었다.

저 사람도 바보고 저 여자도 바보였다.

자신은 그저 저 사람만 보고 따라왔다가 봉황문의 이름을 날리게 된 것이 기뻐 앞으로 자신과 사문의 드높아질 이름을 분주하게 생각하며 뿌듯해했었다.

그런데 그 다음부터 이어지는 그의 말과 유라의 말은 자신으로 하여금 뭔가 가슴이 텅 비는 것 같은 허허로움을 느끼게 만들었다.

마붕권, 청절검 장로가 했던 말이 머릿속에 떠올랐다.

인정하기 싫었던 그 둘의 말.

학봉 이수린.

그녀의 뺨 위로 이슬 한 방울이 또르륵 굴렀다.

무루…….

저 사람은 유라를 좋아하고 있다. 그렇지 않으면 저런 따뜻한 미소를 보여줄 리가 없었다. 그런데 사랑을 해본 적이 없는 무루는 아직 그 감정의 실체를 모르고 있는 것뿐이었다.

그리고 이수린 맞은편의 매봉 유화영.

그녀 역시 씁쓸한 한숨을 쉬며 무루와 유라를 보고 있었다.

청절검, 마봉권과 말씨름을 하는 유라와 그런 그녀를 보며 미
소 짓는 무루를 눈이 부신 듯이 바라보았다.
　모두가 왁자지껄 웃고 있는 가운데 오로지 두 여인의 가슴
만 미어지고 있었다. 두 여인만 한숨을 가슴에 차곡차곡 쌓았
다.

第三章
인동초(忍冬草)

絶代高手
절대
고수

1

송의(松戱).

 녹림 십팔채 중 하나인 백운채가 거주하는 백운산 근처에서 가장 가깝고 많은 사람들이 거주하는 마을이다.

 밤이 깊어 인가는 온통 어둠에 덮였다. 그러나 송의의 중심은 객잔과 기루가 모여 불야성을 이루고 있었다.

 무루는 그 안으로 천천히 발을 들여놓았다.

 방금 전까지 무서운 속도로 달려온 사람답지 않게 땀 한 방울 흘리지 않은 그는 간단한 요기를 할 장소를 찾고 있었다.

 그러던 그의 눈에 한 노인이 들어왔다. 그도 무루를 보고는 반색하며 한달음에 옆으로 다가왔다.

"총호법, 어서 오십시오."

사자코노인 혈광비였다.

"당신이 여기는 어쩐 일이오?"

뜻밖의 만남에 무루가 놀란 눈을 하자 혈광비가 곧바로 무루를 이끌고 으슥한 골목의 담벼락 밑으로 이동해 말을 이었다.

"암독왕이 총호법께서 보내주신 일정을 들으시고는 저를 급파한 것이지요. 굳이 장원까지 오실 필요없다고 말입니다."

무루는 고개를 주억거렸다. 암독왕은 자신의 시간을 아껴주기 위해서 이런 방법을 취한 것이었다.

"그렇군. 덕분에 이틀의 시간을 번 건가? 그나저나 내가 이곳으로 오지 않았다면 어쩔 셈이었소?"

"백운산에서 가장 가까운 마을이 여기니 숙박이든 식사든, 아니면 세상 돌아가는 풍문을 듣기 위해서라도 이곳에 잠시라도 들를 것이라 예측하시더군요. 더더군다나 응담에서 백운산으로 오는 가장 빠른 길목에 위치한 마을이니 확신하시던데요."

"훗. 암 장로의 머리는 당최 못 당하겠군. 그나저나 구위영에게서 새로 들어온 소식이라도 있소?"

"예. 조만간에 오인원탁회와 책사의 회합이 있답니다. 그
리고 거기서 충돌이 있을 거랍니다."

무루의 눈에 이채가 스쳤다.

"책사가 뭔가를 꾸미고 있다는 뜻이군."

"흐흐흐. 그렇지요. 어쨌든 분열이 있다는 건 우리로서야
고마운 일이 아니겠습니까? 그놈들이 총호법 같은 무시무시
한 고수가 이쪽에 있는 것을 안다면 감히 분열할 꿈도 못 꿀
터인데 말입니다."

무루의 입가에도 미소가 어렸다. 일이 재미있어지고 있었
다.

"그나저나 구위영, 그 녀석이 안전해야 할 텐데……."

"아직까지는 전혀 낌새를 못 채고 있답니다. 일단 이번 회
합에서 책사가 주도권을 쥐게 되면 좌호법께서 운신의 폭이
더 넓어질 터이니, 밖으로 나오실 수도 있을 것 같다는 전언
이 있었습니다."

무루가 숨을 들이켰다. 그러면 그곳의 위치를 정확하게 파
악할 수 있을 터이다. 하지만 핵심은 거기가 아니었다.

노야!

그 작자가 숨어 있는 곳.

무루의 생각을 안다는 듯이 혈광비가 말을 붙였다.

"어쨌든 이번 충돌을 성공리에 마치면 책사는 주변을 정리

한 뒤, 봄이 오기 전에 노야를 보러 갈 예정이랍니다. 그때 좌호법이 함께 갈 공산이 큽니다."

무루는 자신도 모르게 손이 축축해졌다. 구위영의 안위가 더 걱정된 탓이었다. 그러나 곧 마음을 편히 했다.

그 녀석이라면 잘해낼 것이라 믿기에.

구위영에 대한 소식은 그것이 다였다. 혈광비는 이어 강호의 정황에 대해 말했다.

"용호산과 웅담에서의 일은 아직 많이 퍼지지 않았습니다. 한 명도 빠져나가지 못한 탓이겠지요. 그러나 그곳에 사는 사람들의 입소문으로 조금씩 퍼져나가고 있습니다. 풍문이란 것이 처음엔 더디나 조금만 지나면 세상 무엇보다 빠르니 곧 천하에 총호법의 위명이 진동을 하겠지요."

무루는 속으로 웃었다. 혈광비는 이번 작전에서 자신의 이름은 쏙 빼기로 한 것을 아직 모르고 있었다.

"그리고 적검왕이 사천에서 나타났다는 소문이 빠르게 퍼지고 있습니다. 살아 있는 무림의 전설이 갑자기 등장했다고 하니 아직은 의심하는 경향이 태반이지만, 어쨌든 소문하나만큼은 기가 막히게 빨리 퍼지고 있습니다."

무루의 검미가 흔들렸다.

적검왕이 사천에서 노골적으로 모습을 드러냈다는 의미다. 크게 두 가지 의도가 있을 것이리라.

첫째는 당연히 강호인들에게 희망을 주기 위함이다. 그리고 둘째는 장렬한 죽음을 준비하고 있는 것이다. 이미 목숨을 내놓았다는 것이다.

무루는 설마했던 우려가 사실로 드러나자 가슴이 묵직해졌다.

적검왕은 최대한 많은 적을 대동하고 황천길을 가려는 것이다. 조금이라도 더 많은 적을 제거하고 남은 정파인들에게 복수를 부탁하려는 것일 터. 두려워하지 말고 나아가 싸우라는 말을 하려는 것이다.

그리고… 한무루.

적검왕은 자신에게도 존재의 의미를 묻고 있었다. 이제 남은 것은 너뿐인데 언제까지 소극적으로 수수방관할 것이냐고 실문을 던진 것이다.

"참으로 고약한 어르신이로구나."

무루가 탄식하며 중얼거리자 혈광비가 눈을 동그랗게 떴다. 그러나 무루가 실소를 흘리며 계속 하라고 하자 혈광비는 고개를 갸웃할 수밖에 없었다.

혈광비는 계속해서 몇 가지 소식들을 전했다. 대부분 흘러가던 큰 줄기에서 변한 것이 없었다. 그러나 한 가지는 달랐다.

인동초(忍冬草)!

혹독한 겨울을 이겨내는 풀이라는 이름을 가진 저항 세력
들이 천하각지에서 등장했다는 것이었다.

몰락한 정파, 혹은 정파 지향의 낭인들이 작게는 한 명에서
부터 시작해 크게는 수십여 명이 조직을 이루어 사파나 사악
련에 저항을 시작했다는 것이었다.

그들을 인동초라고 부른다 했다.

"인동초라. 하긴 예상 못한 일도 아니지. 하지만 사악련이
나 사파들에겐 아주 귀찮겠군."

"그렇지요. 전면전으로 싸우는 것이 아니라 괴롭히는 것에
초점을 맞춘 자들이니까요. 덕분에 많은 사파나 사악련 거점
에서 어지간하면 무리에서 떨어지지 말라는 명을 내렸다는군
요. 개인적인 용무로 움직이더라도 반드시 무리를 이루거나
고수를 포함해야 외출을 허용해주는 곳이 늘고 있답니다."

무루는 말없이 고개를 끄덕였다.

"그런데 이곳은 그렇지도 않은 것 같습니다. 백운채가 요
즘 성세를 이루고 있다더니만 여기까지 기어 나와서 술 처마
시고 있는 녀석들이 부지기수더군요. 하긴, 백운채 놈들은 무
식하고 잔인해서 겁이 없긴 하지요."

무루가 잠시 생각을 하다가 고개를 저었다.

"글쎄. 어쩌면 함정을 파는 것일지도 모르겠지."

무루의 말에 혈광비가 흠칫 눈을 치켜떴다. 그리고는 고개

를 주억거렸다.

"말씀을 들어보니 그런 것도 같군요. 특급을 바라보는 살수의 직감으로 볼 때, 뭔가 오싹한 것이 있더라고요. 분명 사방천지 다 취한 놈들뿐인 것 같은데 말이지요. 예. 총호법의 말씀이 맞는 것 같습니다. 으음. 무식한 줄만 알았는데 꽤 머리도 굴리는 놈들이 있군요."

보고가 일단락되자 혈광비가 서찰을 건네며 말했다.

"이 안에는 천하에 있는 본 문의 비밀 분타와 황금련의 산하 조직이 있는 곳이 표시되어 있습니다. 필요하신 것이나 의문점이 있으면 언제든지 가장 가까운 곳에 들러서 연통을 넣어주십시오."

"그리하겠소."

"그럼 저는 이만 돌아가 보겠습니다. 혹시 암독왕이니 저희 살문주에게 전하실 말씀이라도 계십니까?"

무루가 싱긋 웃었다.

"딱히 특별한 건 없소. 그저 진행 중인 것에 문제가 생기면 이 서찰 안에 있는 조직들에게 전서구를 통해 미리 소식을 넣어두라 전해주시오. 내가 들러서 돌아가는 상황을 파악할 수 있게 말이오."

"예. 그리 전달하겠습니다."

혈광비가 넙죽 허리를 꺾어 인사를 하고는 스르르 자취를 감췄다.

무루는 잠시 골목에서 홀로 서 있었다.

적검왕 어르신이 걱정됐다.

그 어르신은 한시라도 빨리 마교를 처리하려고 할 것이다. 만약 노야의 직전제자들만 합류하지 못한다면 충분히 해볼 만하니까. 일단 마교만 완전히 털어내면 그 다음엔 자신이 어찌 된다 해도 상관하지 않을 인물이었다.

뒤를 부탁할 사람이 있으니까.

무루는 고개를 절레절레 흔들며 대로로 다시 나왔다. 지금 걱정한다고 상황이 변하는 것은 없었다. 오늘 밤 백운채를 정리한 뒤에 한 시라도 빨리 사천으로 가는 길밖에는.

무루는 홍청거리는 사람들 사이로 걸어 들어갔다. 그리고 삼층 규모의 적당한 크기의 객잔을 찾아 들어갔다.

열서너 살 남짓한 소년 점소이가 무루를 반기며 자리를 안내하고는 물었다.

"숙박만 하실 겁니까? 아니면 식사도 하실 건지요?"

"반주를 곁들여 식사만 간단히 할 생각이다. 죽엽청 한 병과 적당한 볶음 하나 얼른 만들어 가져와라."

어린 점소이가 고개를 갸웃거렸다. 아무리 봐도 타지 사람이었다. 그렇다면 잠잘 곳을 찾아야하는데 요기만 하겠다니.

숙박을 권할까 하다가 고개를 저었다.

어리다고는 하지만 서당개 삼년이면 풍월을 읊는 법!

상대는 허리에 철검을 찬 무림인이다. 말을 많이 섞어서 좋을 것이 없다는 것이 나름 오 년간의 점소이 생활 끝에 얻은 결론이었다.

무루는 음식이 나오길 기다리면서 주변을 찬찬히 훑어보았다. 일 층과 이 층은 식사와 술을 파는 곳이고 삼 층이 숙박을 하는 구조였다.

일이 층 자리의 대부분은 백운채에서 내려온 산적들과 그곳에 합류한 사악련도들이었다. 같이 지내게 된 지 얼마 되지 않아서 친목도모의 이런 술자리가 성행하고 있는 것이다.

이 객잔뿐만 아니라 이 길거리에 있는 객잔과 주루에는 이런 자들로 가득할 터였다. 그리고 구석 자리 위주로 무림인이 아닌 사람들이 조용히 눈칫밥을 먹으면서 담소를 나누고 있었다.

늦은 밤.

이 어둠의 세상은 오로지 그들이 주인이었다. 예전에는 정파의 눈치를 보느라 나름 착하고 조용히 살았던 자들. 그러나 이제는 거리낌없이 활개를 쳐댔다.

중앙의 탁자를 두 개 붙여서 술을 마시던 여섯 산적 중 가장 큰 체구의 장한이 갑자기 자리에서 벌떡 일어섰다.

"여러분!"

그가 호탕하게 소리를 지르자 객잔 안이 순식간에 조용해
졌다.

"자! 우리 건배합시다. 고리타분한 정파 놈들을 모조리 때
려죽이고 우리만의 무림을 만들어 가는 거룩한 대업에 동참
하고 있는 동지 사파 여러분!"

그의 말에 사방에서 웃음과 환호성, 휘파람이 터졌다.

거의 칠 척에 달하는 덩치는 술잔이 아니라 호리병째 번쩍
치켜들고는 말했다.

"크하하하. 내 평생에 이렇게 기분 좋은 때가 없었소. 아무
것도 눈치 볼 것이 없지 않소? 사내로 태어나 내 마음대로 활
개치고 살 수 있는 삶! 뭐가 부럽겠소. 맘에 안 드는 놈은 죽
여 버리면 되고, 반반한 계집은 낚아채면 되고 말이오. 안 그
렇소?"

"맞소!"

"맞소이다. 맞아. 오늘도 꽤 곱상한 계집 하나를 후렸지.
흐흐흐."

"야! 네놈이 계집 후리는 동안에 나는 그 가족 놈들 죽이고
있었으니 너무 억울했다고! 다음엔 네가 내 뒤를 봐줘야 한
다! 알았냐?"

"푸하하하."

모두가 폭소를 터뜨리며 술잔을 들어 올렸다.

칠 척 장한이 주변을 훑다가 무루를 보고는 눈살을 찌푸렸다.

"어이! 거기! 왜 술잔을 안 들어? 이 자유롭기 그지없는 흑도천하가 마음에 들지 않다는 뜻이냐?"

무루가 흐릿하게 미소 지으며 답했다.

"애석하게도 내 자리엔 아직 술이 당도하지 않았소."

"응? 그렇군. 크하하하. 좋아. 이봐, 꼬맹이 점소이! 저쪽에어서 술상 봐줘라."

그는 다른 쪽도 살피다가 오른쪽 구석 자리를 보고 또 다시 얼굴을 구겼다.

"이봐! 너희들은 왜 술잔을 안 들어. 술도 있잖아?"

세 청년이 앉아 있는 자리였다. 그들 중 덩치를 마주한 한 명이 어깨를 으쓱하며 어색하게 웃었다.

"하하하. 죄송하게도 술병 안에 술이 동났습니다. 또 시키고자 해도 은자가 넉넉지 않으니 양해해 주십시오."

"어? 그래? 그럼 내 술을 조금 빌려주지."

그가 약간 비틀거리며 그들에게 다가갔다. 그리고는 그들의 술잔에 술을 채워주면서 물었다.

"이봐! 애송이들. 꽤 곱상하게 생겼네? 너희들은 어느 문파냐?"

그의 질문에 세 청년이 찰나 당황하는 모습을 보였다. 그러나 말을 받았던 청년이 씨익 웃으며 대꾸했다.

"하하하. 우리는 패검문의 제자들이외다."

패쟁문은 운남 지역의 중견 사파였다.

"그래? 패검문의 제자라는 말이지. 잘 됐네."

"하하하. 뭐가 잘 됐다는 것인지?"

"곱상하게 생긴 게 아주 마음에 들어. 패검문은 유려한 검무로도 유명한데 어디 네가 검무 한 번 춰봐라."

청년의 얼굴이 대번에 일그러졌다.

"거, 검무라니. 그 무슨. 우리는 마침 피곤해서 위로 올라가 쉬려던 참이었습니다."

"춰보라고. 당장."

갑자기 칠 척 장한의 얼굴이 험악해졌다. 방금까지 혀 꼬부라지던 말투가 사라졌다. 아니 그뿐만이 아니라 주변에서 술을 마시던 이들도 스산한 미소를 지으며 세 청년을 쏘아보았다.

청년이 혀로 입술을 축이고는 자리에서 벌떡 일어섰다.

"같은 사파인들끼리 이 무슨 행패입니까?"

지켜보던 무루는 속으로 혀를 찼다. 저들은 그냥 딱 봐도 정파인이었다. 그것도 꽤나 명문세가에서 교육을 잘 받은 자제였다.

무루 자신은 천부에 들기 전, 오랫동안 거친 낭인생활을 했다. 덕분에 자연스럽게 그의 잠자고 있던 낭인의 기운이 이 객잔 안으로 들어서면서 이들과 어우러졌다.

예전의 차갑고, 사나운 기운으로 말이다.

하지만 저 셋은 나름 인상을 팍팍 긁고, 흉흉한 기운을 흐르게 하는 데 주력하고 있었지만 그 근간에 흐르는 청명한 기운을 완전히 지우지는 못한 것이다.

한편 그럼에도 불구하고 그 작은 기운을 감지한 객잔 내부의 산적들도 대단한 수준이라 할 수 있었다.

무루는 솔직히 감탄했다.

무루에게 있어서 어느 정도 이하 수준의 무위는 다 고만고만해 보였다. 마치 산 위에서 내려다보면 어른과 아이의 키를 구별하는 것이 불가능하다고 해야 할까?

그것이 점점 심해져 최근 들어서는 고수들의 수준도 정확하게 판단하는 것이 어려워졌다.

오죽했으면 무신급인 사굉파파와 종통선생의 무위를 자신과 빗대어보니 제대로 가늠할 수가 없어서 그들로 하여금 굴욕을 주기도 했으니 말이다.

무루는 씁쓸하게 미소 지었다.

얻는 것이 있으면 잃는 것도 있는 법.

자신은 모든 것을 너무 빤하게 보았고, 느끼며, 감지했다. 하지만 상대가 다른 상대를 어떻게 느끼고 감지하는 지에 대해서는 점점 더 무뎌진다는 느낌이 왠지 아쉽게 생각됐다.

장한이 비릿한 미소를 지으며 세 청년의 탁상을 걷어찼다.

우장창.

차아아아앙.

객잔 내부에 있는 사십여 산적들이 동시에 도검을 꺼내는 소리가 요란하게 울렸다. 이 층에 있던 산적들도 환호성을 지르며 허공을 격해 일 층으로 뛰어내렸다.

궁지에 몰린 세 청년들은 급히 구석에 등을 지고는 검파를 움켜잡았다. 그러나 차마 검을 꺼내지는 못했다.

발검하면 저들의 도검이 쏟아질 것이 자명했고 그럼 결과는 허무한 죽음뿐이었다.

"대, 대체 왜 이러시오? 우리는 같은 사파인 아니오? 조, 좋소. 까짓 검무를 추어드리겠소."

"흐흐흐. 어디서 개수작이냐? 너희들 인동초 맞지?"

"……!"

"크하하하. 우리 중에 술 취한 놈이 측간에 가거나 무리에서 떨어지면 제거하려는 거 맞잖아. 이 개 같은 정파 놈아!"

청년들의 얼굴이 새하얗게 질려갔다.

무루는 혀를 차다가 대각선 저 쪽에서 술과 요리를 들고 있는 점소이를 보았다. 무루가 손을 들어 점소이에게 오라는 손짓을 하며 주변 산적을 향해 말했다.

“미안한데, 자네들 때문에 점소이가 내 술과 요리를 가져
오지 못하는군.”

모두가 어이없어 하며 무루를 돌아보았다.

사십여 명이 칼을 번뜩이고 있는 와중에 태평하게 식사타
령이라니. 그러나 무루는 예의 담담한 어조를 유지하며 말을
이었다.

“싸구려지만 이틀 만에 먹는 제대로 된 술과 요리야. 피 냄
새 섞지 말자고.”

칠 척 장한이 오만상을 쓰며 말했다.

“너 뭐냐? 이놈들과 한 패냐?”

“멍청하긴. 연놈이라고 해야지. 그 셋 중 무려 두 명이 남
장여자야.”

산직들의 눈이 휘둥그레졌다. 그리고 세 청년들의 얼굴은
더욱 하얗게 질려갔다. 무루의 말이 이어졌다.

“꽤 예쁜 여인들이야. 그냥 죽이긴 아깝잖아. 안 그런가,
친구들?”

장한의 시선이 세 청년에게 향했다. 그들의 전신을 훑는 그
의 눈에 정념이 스멀스멀 피어올랐다.

“흐흐흐. 정말이군. 정말 여자잖아?”

무루가 말을 받았다.

“정말이지. 그럼 내가 거짓말하는 줄 알았나?”

무루 옆 탁자에 앉아 있던 대머리가 무루를 향해 웃으며 말했다.

"흐흐흐. 눈썰미가 꽤나 좋은 편이군. 저 두 계집은 등을 돌리고 있는 데다가 옷도 넉넉하게 입어서 전혀 여자인지 몰랐는데. 너는 어느 문파 소속이지?"

무루가 그를 빤히 바라보며 대꾸했다.

"나는 그냥 여기저기 떠도는 낭인이야. 낭인 생활을 오래 하다 보면 원래 보는 눈이 좀 생기지."

"호오. 알겠어. 본채에 들어오려는 것이지? 너 같은 자들이 요즘 많지."

무루는 고개를 끄덕이며 대꾸를 하려다가 얼굴을 구기며 칠 척 덩치를 보았다. 그와 주변의 동료들이 세 청년을 금방이라도 난도질하려는 듯이 핍박하고 있었다.

"어이! 그만하라고 했잖아."

무루가 자리에서 벌떡 일어서서 발을 내딛었다. 그리고 성큼성큼 걸어가 구석에 몰려 있는 세 청년 앞에 섰다.

"나를 따라와라."

유일하게 진짜 사내인 청년이 어쩔 줄을 몰라 했다. 그 모습에 무루는 혀를 찼다.

인동초 활동을 하는 이유가 의협심 때문인지 복수 때문인지는 알 수 없었다. 그러나 이런 숙맥들이 대체 무엇을 할 수 있겠는가?

무루가 그 청년의 손목을 잡아 이끄는 순간 칠 척 거구의 기형도가 무루의 얼굴 앞을 막아섰다.

서늘한 칼의 기운이 무루의 전면을 횡하니 쓸었다.

"이봐! 본채에 들어오려는 놈 치고는 너무 막나가는 거 아니냐? 뒈지고 싶냐?"

대머리도 다가오며 미간을 구겼다.

"앞으로 한솥밥을 먹게 되면 우리한테 깍듯하게 보여 할 녀석이 첫 만남부터 이리 무례해서야 쓰나? 이래서 예의를 모르는 후배는 초장에 버릇을 고쳐줄 필요가 있다니까. 정말이지 어처구니가 없는 종자군."

"훗, 내가 너희의 밑이 될 지, 위가 될지 어떻게 알겠어? 안 그래?"

무루의 차분하면서도 냉랭한 말에 대머리와 칠 척 덩치가 움찔했다. 그 둘은 동시에 똑같은 생각을 했다.

어쩌면 상당한 이름을 날리는 마두나 마두의 제자일지도 모른다는!

그렇지 않으면 코앞에 칼이 들이밀어져 있고, 산채의 동료가 주변에 가득한데 이리 침착한 모습을 보일 수 없었다.

그것을 확인시켜주는 듯이 어느새 무루의 손가락 두 개가 덩치의 기형도 칼날을 잡았다.

쨍강!

기형도가 부러져 나갔다.

그건 정말이지 눈 깜짝할 시간에 벌어진 일이었다. 모두가 어안이 벙벙할 때 무루가 말했다.

"다시 한 번 내 근처에 칼을 들이미는 놈이 있다면 손모가지를 잘라버릴 거야. 명심해라."

덩치가 주춤 물러서며 외쳤다.

"너, 너는 누구지?"

무루가 하얗게 웃었다.

"알 자격이 있다고 생각하나?"

객잔 내부의 산적과 사악련도들의 얼굴이 동시에 구겨졌다. 모욕을 당한 덩치가 결국 화를 참지 못하고 부러진 칼을 무루에게 쑤셔 넣었다.

그러나 무루의 주먹이 더 빨랐다.

퍼억.

그의 주먹이 덩치의 턱을 날려버린 것이다. 칠 척 거구의 신형이 허공에 붕 뜨더니 무려 이장 반을 날아가 탁자 위에 떨어졌다.

와장창창!

객잔에 산적들과 사악련도들의 흉흉한 기세가 삽시간에 자욱해졌다. 특히나 무루 지척의 대머리가 가장 먼저 몸을 움직였다.

"감히 우리에게 시비를 걸다니!"

그의 손이 번개처럼 움직였다.

슈슈슈슉.

암기 몇 개가 무루를 향해 폭사했다. 그러나 무루는 슬쩍 허리를 비트는 것으로 그것을 흘려보내고는 곧바로 다리를 쳐올렸다.

콰직!

대머리의 아랫배에 무루의 발이 박혔다. 대머리는 신형을 부르르 떨다가 이내 고꾸라졌다. 순식간에 두 산적이 실신해 버린 것이다.

무루가 혀를 차며 금방이라도 달려들려는 상대들을 향해 어깨를 으쓱거렸다.

"어쩔 수 없었다고. 자네들도 보지 않았나? 가만히 있었으면 내가 죽잖아. 안 그래?"

무루의 눈이 무리들을 지나 한 사내에게 말을 걸었다.

반대편 구석에서 적발 노인과 마주앉아 대작하고 있던 중년인.

그가 빙그레 웃으며 일어서자 산적들이 주춤하며 무루와 그와의 사이에 길을 텄다. 차가운 뱀눈을 가진 중년인이 뒷짐을 지고 앞으로 걸음을 내딛었다. 산적들이 그를 향해 두려움과 존경심이 교차하는 시선으로 바라보다가 급히 허리를 꺾었다.

"훌륭한 권각술이군. 숱한 실전에서 다져진 솜씨야."

"낭인 생활을 꽤 오래 했다고 말했는데 말이지."

"먼저 내 소개부터 하지. 나는 백운채의 다섯 부두령 중 하나인 목아귀(狀牙鬼)라고 한다. 어떤가? 어차피 백운채에 들어오겠다면 내 밑으로 들어오는 것이. 마침 쓸 만한 수하가 필요하던 참이었거든."

"그대의 실력이 나를 능가한다면 못 받아들일 것도 없소."

그 말에 산적들이 어깨를 들썩거리며 웃었다. 목아귀도 누런 이를 드러내고 소리없이 웃다가 찢어진 눈을 빛냈다.

"나는 사내다운 자들을 좋아하지. 요즘은 죄다 계집 같은 놈들뿐이라 말이야. 그러나 건방은 곤란해."

말이 끝나기 무섭게 그의 신형이 섬전처럼 무루의 앞에 당도했다. 그의 주먹이 무루의 면상을 향해 직선으로 달렸다.

퍼억!

둔탁한 타격성이 객잔 안을 울렸다.

목아귀가 입을 헤 벌리고 나자빠져 기절해버렸다. 채 뻗지도 못한 팔이 애처로웠다.

2

산적들과 사악련도들은 입을 쩍 벌렸다.

목아귀는 현 백운채에 있는 산적과 사악련도들을 통틀어 열다섯 명 안에 드는 고수였다. 그런 고수가 겨우 한 방에 실신해버렸으니 놀라는 것도 당연지사였다.

세 청년들도 무루의 강함에 정신을 차리고 안색을 회복했다.

진짜 사내인 청년이 급히 말했다.

"소협도 인동초입니까?"

무루가 한쪽 눈가를 찡그리며 말했다.

"그딴 거 몰라."

"어, 어쨌든 적의 적은 한편이라 했소. 우리 함께 힘을 합치시 이곳을 빠져나갑시다."

"내가 왜?"

"왜라니? 우리를 도와주려는 것 아니오?"

무루가 피식 웃으며 차갑게 말했다.

"대체 이 객잔의 인물들은 다들 귀머거리인가? 나는 분명 내가 이틀 만에 제대로 된 식사를 마칠 때까지만 조용했으면 한 거라고 말했잖아."

신색을 회복했던 일남이녀의 얼굴이 구겨졌다. 청년이 이를 악물며 외쳤다.

“그럼 정말로 우리를 도와주려는 것이 단지 조용히 식사를 하려고……．”

빠각.

무루의 손짓에 청년이 이마를 얻어맞고는 뒤로 엉덩방아를 찧으며 주저앉았다.

“그걸 이제 알았냐? 너희들은 그저 내가 식사를 끝낼 때까지만 내 앞자리에 앉아 조용히 있으면 돼. 그럼 나는 너희들을 손수 포박해서 백운채로 가서 상납할 생각이지. 내 공을 엉뚱한 녀석들에게 넘겨줄 필요는 없는 거 아니겠어?”

엉덩방아를 찧은 청년이나 두 남장여인은 할 말을 잃었다. 실낱같은 희망이 보이는가 했는데 썩은 동아줄이었다.

짧은 순간 청년과 두 여인의 눈빛이 교차됐다. 그 눈빛의 의미를 아무도 모를 것이라 세 사람은 생각했겠지만 무루는 의도를 간파했다.

청년이 잠시 막는 사이 두 여인이 먼저 창밖으로 몸을 날려 빠져나가려는 생각이었다. 물론 그 다음은 청년이 따르고 말이다.

기실 그들은 묵묵히 당하는 척, 어수룩한 척하면서 방심을 유도해 내고는 달아날 기회를 살피던 참이었다.

그들이 가진 능력을 고려해 나름 머리를 굴렸다 할 수 있었다.

'아주 멍청한 숙맥들은 아니군.'

역시나 청년이 무루를 향해 달려들었다. 그리고 두 여인이 몸을 창으로 날렸다.

무루는 속으로 한숨을 삼켰다. 이 객잔 밖의 많은 주루와 객잔에는 적들이 즐비했다. 당장 산적 한 명만 나가서 '인동초다!' 라는 소리를 지르면 얼마 못 가 포위되고 말 것이 자명했다.

어쨌든 무루는 청년의 안으로 파고들어 주먹을 선사하고는 발로는 옆의 탁자를 찼다.

그 탁자가 날아간 방향이 절묘하게도 남장여인들이 빠져나가려던 창문이었다. 힘의 분배도 적당해 무루가 찬 탁자는 사선으로 창에 박히더니 단단하게 고정되었다.

남장여인 중 선두가 곧바로 검을 끼내들었디.

쇄애액.

산적들의 눈동자가 흔들렸다.

여인과 창과의 거리는 극히 짧았다. 그런데 그 찰나의 순간에 발검해서 탁자를 가르는 솜씨는 탄성이 나오기 충분했다.

상당한 수준의 쾌!

어수룩했던 언행과 약관으로 보이는 나이에 비해 무공 수위는 감탄스러웠다.

무루는 이들이 무공을 어려서부터 체계적으로 배워온 나

름 명문가의 자식임을 직감했다. 실전 경험만 어느 정도 쌓이면 꽤 훌륭한 무사로 성장할 수 있는 녀석들이었다.

탁자가 갈라지고 그 사이로 선두의 여인이 빠져나가려는 순간 그녀가 헛바람을 토해냈다.

무루가 다시 근처의 의자 하나를 발로 걷어찼고, 그 파편이 암기가 되어 창을 향해 쇄도한 것이다. 그녀는 어쩔 수 없이 방향을 급히 선회하며 허공에서 빙글 돌아 착지했다.

그것이 끝이 아니었다.

무루는 다시 잇달아 근처의 의자들을 쳐냈다. 부서지며 암기가 되어 날아가는 나무의 잔해들.

두 여인은 급히 몸을 움직이며 회피 동작에 열중했다.

그렇게 잠깐의 폭풍이 지나간 후 두 여인은 절망했다. 계속 피하다 보니 원래의 구석 자리로 내몰린 것이다.

그 여인들 바로 곁에서 무루에게 가슴을 얻어맞은 청년이 헉헉거리고 있었다.

무루의 신묘한 재주에 사람들이 모두 놀라 침을 꿀꺽 삼켰다. 목아귀를 한 수에 제압했을 때 알아봤지만 대단한 고수였다.

짝! 짝짝짝.

객잔의 한구석에서 한 사람이 박수를 치며 일어났다. 그는 목아귀와 대작하고 있던 적발노인이었다.

“대단하군. 그리 젊은 나이에? 나, 광혈귀가 오늘 안계를 넓히는구나. 크허허허. 우리는 그대 같은 인재에 문호를 활짝 열고 있지.”

광혈귀(狂血鬼)!

백운채의 다섯 부두령 중 하나이다. 그리고 그는 백운채의 총두령의 의제(義弟)이기도 했다.

무루는 그를 흘낏 보았다가 시선을 돌려 어린 점소이에게 말했다.

“식사 이리 가져올래?”

넋이 빠져 있는 소년이 산적들의 눈치를 살폈다. 그러자 광혈귀가 비릿한 미소로 고개를 끄덕였다.

“꼬마야. 저 청년 고수에게 어서 술과 식사를 가져다드려라. 아니 그런 싸구려가 아니라 제대로 된 요리를 내어 외라.”

무루가 근처의 멀쩡한 탁자를 들어 구석의 일남이녀 앞에 쾅 내려놓으며 말했다.

“그냥 지금 들고 있는 걸 가져오면 된다. 새로운 요리를 기다릴 정도로 한가하지는 않거든.”

그의 말에 광혈귀가 눈살을 찌푸렸다. 그러나 곧 고개를 끄덕이자 점소이가 냅다 달려 무루의 앞에 죽엽청과 야채볶음을 내놓았다.

"휴우. 식사 한 번 하기 힘들군."

무루는 젓가락을 들며 미소를 머금었다. 그리고는 술과 음식을 번갈아 먹기 시작했다.

그건 아주 기괴한 광경이었다.

식사를 하고 있는 그의 등 뒤와 옆에는 산적과 사악련도들이 칼을 들고 서성거렸다. 그리고 앞에 있는 겨우 반장의 공간엔 일남이녀가 여전히 손에 칼을 쥔 채 무루를 쏘아보며 동시에 산적들을 경계하고 있었다.

광혈귀는 기가 차서 연신 혀를 차댔다.

자신이 살면서 담대하다는 놈은 숱하게 보았다. 그러나 저 낭인청년보다 더한 놈은 결단코 없었다.

일남이녀나 사파인이나 모두가 그런 무루를 보며 질린 표정을 지었다.

광혈귀는 만일의 사태에 대비해 수하 한 명에게 전음을 보냈다. 근방에 있는 자들을 이 주변으로 죄다 모으라고 말이다. 명을 받은 수하가 객잔 밖으로 뛰어나가자 어색한 침묵이 객잔을 맴돌았다.

간간히 무루가 식사를 하는 소리만 들릴 뿐.

광혈귀는 시간이 흐를수록 자존심이 상하는 것을 느꼈다. 그러나 상대는 오백위 초인의 경지, 그것도 꽤나 상위 쪽에 속하는 자가 분명했다.

자진해서 들어오려는 놈을 굳이 박찰 필요는 없었다. 이런 인재를 구해가면 의형인 총두령이 매우 기뻐할 터였다.

"별호가 궁금하군."

광혈귀가 나직이 질문을 던졌다. 그 순간 무루가 술잔을 쾅 하니 내려놓더니 차갑게 말했다.

"밥 먹을 때는 개도 안 건드리는 법이지."

질문을 받지 않겠다는 의사표현이었다. 그 말에 광혈귀가 결국 참지 못하고 발끈하려다가 숨을 들이켰다.

모두가 놀라 목젖을 꿀렁거렸다.

무루가 쾅 내려놓은 술잔.

그 절반이 탁자에 박혀 있었다.

차라리 탁자를 부수는 건 쉽다. 그러나 저런 것을 가능하게 만들려면 심후한 내력과 세심한 내력 운용이 있어야 기능했다.

광혈귀가 어색하게 웃었다.

"크허허. 알겠네. 일단 식사부터 끝내게."

그의 눈빛이 스산하게 빛났다. 머리가 아파지기 시작했다. 명백히 자신보다 강한 초고수다. 어쩌면 자신의 형님인 총두령과 맞먹거나 그 이상일지도 몰랐다.

함께 있는 사악련의 지부장이 총두령과 합세하면 충분히 제압할 수 있겠지만 그건 일종의 망신이었다.

“으음……”

광혈귀의 머릿속 계산이 복잡해졌다. 어쨌거나 이놈의 능력을 고려하면 자신보다 상관이 될 공산이 농후했다. 같은 부두령이 된다 해도 수하들의 지지는 더 강한 저놈에게 결국 몰릴 터!

설마 저 미친놈이 공동 수장 자리를 요구한다면 어쩌지? 하는 기우도 들 지경이었다.

한편 일남이녀는 자신들이 죽어도 이 청년 낭인만큼은 반드시 죽여야겠다고 단단히 별렀다.

자고로 혼내는 시어머니보다 말리는 시누이가 더 밉다고 하지 않던가.

지금 이 낭인청년이 딱 그랬다. 아직 사악련도나 녹림도가 된 것은 아니지만 곧 될 놈. 그리고 앞으로 무궁무진하게 나쁜 놈이 될 인물. 대마두로 성장해 정파에 많은 해악을 끼칠 놈!

그래서 그들은 서로 전음으로 이 놈이라도 반드시 죽이자고 의견을 모았다.

그런데… 당최 허점을 찾을 수가 없었다. 그저 들고 있는 검을 앞으로 뻗어 찌르면 될 것인데, 그 간단한 것을 할 수가 없었다.

그저 식은땀만 이마에 계속 맺힐 뿐.

그 셋은 이차 악몽혈겁 때 문파 식구들이 도륙당한 만운문(萬雲門)의 제자들이었다. 뒤쪽에 있던 산의 동굴에서 폐관수련한 덕분에 살아난 삼인.

그들은 복수를 결심했으나 겨우 셋이서 할 수 있는 것은 많지 않았다. 그래서 봉황문으로 가 힘을 합치려고 이동 중이었다. 그 도중에 조그마한 복수라도 하려는 생각으로 인동초 활동을 하게 된 것이다.

딱 한 번의 시도에 다섯 사악련도를 제거했다. 복수의 응어리가 풀리지는 않았지만 조금 속은 후련해졌다. 그래서 두 번째 시도를 했건만 함정에 걸리고 만 것이다.

남자의 이름은 척신술. 여인들은 자매로 나월희, 나월련이었다.

세인들이 이 세 개의 이름 중 하나를 이주 잘 알고 있었는데 바로 나월희였다.

그녀가 바로 이봉삼화의 삼화. 그 중에서도 청화(靑花)라 불리는 여인이었다. 모두가 죽었다고 알고 있었지만 그녀는 운 좋게 살아남았다. 그런데 결국 위기에 봉착한 것이다.

어느새 식사를 끝낸 무루는 죽엽청 마지막 잔을 남겨두었다. 그는 술잔을 한 손으로 쓰다듬으며 척신술을 보았다.

"어느 방파냐?"

척신술이 이를 갈며 대꾸했다.

“말해줄 것 같으냐?”

“당연히 말해줄 거야. 왜냐하면 네가 아까 스스로의 목숨을 희생할 각오로 두 여인을 빼내려던 것을 난 기억하거든.”

척신술의 굵은 검미가 꿈틀거렸다.

“무슨 뜻이지?”

“네가 고분고분하면 여인들은 빼내줄 수도 있다는 뜻이지.”

그의 말에 척신술 뿐만 아니라 객잔의 사파인들도 놀라 술렁거렸다. 그러나 광혈귀가 일단 얘기를 들어보겠다는 심산으로 손을 들어 소란을 잠재웠다.

광혈귀는 차츰 여유를 회복하고 있었다. 객잔 밖에 자신의 수하들이 구름처럼 몰려서 대기하고 있음을 알기 때문이었다. 여차하면 저 놈을 수로 밀어붙여서 끝장낼 작정이었다. 아무리 인재가 좋아도 저런 싸가지가 자신보다 상관이 될 수도 있다는 것은 받아들이기가 역시 힘들었던 것이다.

척신술이 머뭇거리며 갈등하는 표정을 짓자 월희와 월련이 서늘하게 말했다.

“척 사형! 그 말을 믿는 건가요?”

“됐어요. 이런 파락호의 말에 흔들리지 마세요.”

무루가 미간을 접으며 손가락을 튕겼다. 그러자 지풍이 날아가 그녀의 마혈을 짚었다.

"자, 이제 두 여자는 움직이지도 못하고 말도 못한다."

사람들이 혀를 내둘렀다. 지풍으로 혈도를 점하는 능력은 오백위에서도 불과 몇십 명만 가능한 경지였다.

계속되는 무루의 고강한 무위에 척신술의 얼굴이 다시 일그러졌다. 역시 대단한 실력자였다.

"당신 말을 내가 어떻게 믿으란 말이오?"

척신술이 반발하자 무루가 어깨를 으쓱하며 대꾸했다.

"너와 말씨름할 생각 없어."

무루의 손에서 하얀 기운이 안개처럼 뭉쳤다. 그 기운이 갑자기 두 여인의 얼굴을 덮쳤다.

척신술이 깜짝 놀라 그 기운을 막으려 손을 뻗었지만 이미 지나간 후였다.

무루의 손에서 뻗어나간 기이한 기운이 두 여인의 얼굴에 찰나 머물다가 사라졌다. 그리고 객잔 내부의 사람들이 눈을 휘둥그레 떴다.

두 여인이 하고 있던 인피면구가 사라지고 진짜 얼굴이 드러난 것이다.

눈을 의심케 하는 두 미녀가 그곳에 있었다. 특히나 나월희를 본 사람들은 충격에 빠졌다. 광월귀가 신음을 흘리며 혀를 내둘렀다.

"맙소사. 저런 미녀였단 말인가?"

척신술은 사매의 실체가 드러나자 절망했다. 이 무지막지한 사파인들이 사매들을 그냥 둘 리 만무했다.

척신술과 두 여인의 눈동자가 마주쳤다. 척신술은 그 둘의 눈빛이 말하는 것을 간파하고는 몸을 부르르 떨었다.

나월희와 나월련.

자매는 눈으로 말하고 있었다. 욕을 당할 바에 차라리 죽여 달라고.

무루가 심드렁하게 말했다.

"내가 그래서 저들의 아혈까지 점한거야. 혀 깨물어서 자진할까 봐."

"놈!"

척신술이 분노하며 칼을 휘둘렀다. 그러나 무루는 손을 뻗어 짓쳐들어오는 검신을 태연히 잡았다.

그리고는 아까 그랬던 것처럼 검을 부러뜨렸다. 척신술은 무루의 어찌해 볼 수도 없는 강함에 정신마저 아득해졌다.

"답답하군. 난 그저 너희들 방파 이름을 물었을 뿐이야. 그럼 빼내준다고 약속했고."

척신술은 그 순간 자신의 몸을 휘감는 따뜻한 기운을 느꼈다. 그것이 어디에서 왔는지 알 수 없었지만 고통스러운 그의 마음을 달래주었다.

하지만 그는 이내 고개를 세차게 흔들며 외쳤다.

“이젠 사술인가?”

“이름 대는 게 그렇게 어렵나? 이해할 수 없군.”

무루의 말에 척신술은 씩 웃으며 말했다.

“그래. 말해주지. 나와 두 사매는 만운문의 제자들이다. 됐나? 이 개자식들아. 너희들의 성세가 언제까지 이어질 것이라고 생각지 마라.”

“아아, 시끄러워.”

무루가 지풍을 날려 그의 아혈을 점했다. 척신술은 급히 혈도를 풀려다가 화들짝 놀랐다. 낭인이 점한 혈도!

풀리지가 않았다.

무루는 마지막 남은 술잔을 기울여 입안에 털어내고는 자리에서 일어났다. 그리고 척신술에게 말했다.

“자, 이제 너희늘은 가도 좋아.”

“뭐?”

척신술은 그 순간 두 가지에 놀랐다. 그렇게 애를 써도 안 풀리던 아혈이 풀렸다. 그리고 이 자… 정말 자신들을 보내주겠다는 것인가?

그때 나월희와 월련이 눈을 동그랗게 뜬 채 몸을 움직였다. 그 둘도 언제 마혈이 풀린 지 알지 못한다는 표정으로 무루와 자신의 몸을 번갈아보았다.

무루가 돌아서며 말했다.

“일단은 내 뒤에서 따라와.”

그의 말에 광혈귀가 이해할 수 없다는 표정으로 끼어들었다.

“정말 모르겠군. 아까는 저 계집들을 상납하겠다더니 이제는 풀어주겠다고?”

“훗. 아까는 농담이었어.”

광혈귀의 눈동자가 흔들렸다.

“설마……. 그럼 우리 아래로 들어오겠다는 것도?”

“뭐. 그런 셈이지.”

모두가 어이없어 하는 표정. 광혈귀가 부글부글 끓어오르는 노염을 참지 못하고 외쳤다. 자신이 죽일 생각까지 하긴 했지만 이건 아니었다.

자신이 죽일까 말까 저울질하고 있는 것이라 여겼는데 놈에게 농락당하고 있었다는 사실에 화가 머리끝까지 뻗쳤다.

“대체 뭐하는 놈이냐? 감히…….”

“갑자기 세게 나오는데. 객잔 밖에 떼로 몰려든 녀석들을 믿는 건가? 멍청하긴. 나는 내가 수고롭게 일일이 너희들을 솎아내는 것이 귀찮아서 스스로 모여주길 원했던 거야. 이게 이번 연극의 핵심인 것이지.”

점입가경!

광혈귀의 분노가 폭발했다.

"이 개자식아! 네놈은 누구냔 말이다."

"나? 여기 셋과 같다고 해야 하나?"

"뭐?"

"나도 인동초거든, 지금부터. 후후후."

척신술과 나월희, 나월련이 더 놀랐다. 무슨 사연인지는 몰라도 자신들을 돕기 위해 마음을 바꾼 것으로 들리기도 했다. 그건 그들뿐만이 아니었다.

광혈귀도 기가 찬 표정을 지었다가 청화 나월희를 슬쩍 보고는 짐작 간다는 듯이 고개를 끄덕였다.

"흐흐흐. 여자에 반했군. 그래서 이 미친 결정을 한 것이고."

"아! 그렇게도 생각할 수 있겠군. 뭐 착각은 자유니까 그것까지 내가 참견할 바는 아니겠지. 뭐, 근방에 있는 녀석들은 다 모인 것 같군. 술에 쩌든 몇몇 놈을 제외하고는."

무루가 앞으로 발을 들었다 바닥으로 내리찍으며 씩 웃었다.

쿠웅.

그가 진각을 굴렸다.

그 순간 무루의 뒤에 있던 일남이녀는 숨을 죽였다.

무루 앞의 바닥이 마치 파도처럼 일렁였다. 나무로 된 바닥이 깨져 나가며 거침없이 뻗어나가 전면을 덮쳤다.

콰콰콰콰아아앙.

무루 앞 객잔이 통째로 날아가 버렸다. 광혈귀를 비롯한 사십여 사파인의 몸이 넝마처럼 찢어지며 뒤로 날아갔다. 그리고 객잔 앞에 있던 사파인들도 참사를 피하지 못했다.

그들 역시 속수무책으로 무루의 진각에 주르륵 밀려났다. 그리고 남은 것은 폐허와 시신뿐이었다.

주방의 입구에서 불안에 떨며 있던 어린 점소이와 주인이 입을 멍하니 벌리며 어처구니없다는 표정을 지었다.

아직 건물이 무너지지 않는 것이 신기할 지경이었다.

무루가 그들을 향해 염낭을 던졌다. 얼떨결에 주머니를 받은 객잔 주인이 그 안을 보고는 소스라치게 놀랐다.

"소, 손님!"

"그 정도면 피해의 보상이 될 것이오."

"너, 너무 많습니다."

"모자라지 않으면 됐소. 위층의 사람들은 잠시 후에 피신시키면 될 거요."

무루가 앞으로 발을 내딛다가 고개를 돌렸다.

멍청한 표정의 일남이녀가 있었다.

"잊었나? 내 뒤를 따라오라고."

"예? 예."

척신술이 뭐에 홀린 듯이 답하고는 그 뒤로 붙었다. 그리고 나월희와 월련이 따랐다.

　밖에는 거의 이백여 사파인들이 아직 정확한 사태 파악을 하지 못하고 있었다. 그들을 향해 무루가 철검을 빼어 들었다.

　지이이잉.

　검이 울었다.

　칼끝에서 흘러나오는 기운이 하늘로 솟구쳤다.

　"삼초식. 멸!"

　칼이 허공을 갈랐다. 그리고 세상을 삼켰다. 모두가 어둠에 잠겼다.

3

　척신술은 당황했다. 아무것도 보이지 않았다.

　온통 깜깜했다.

　놀라 뒤로 돌아서서 소리를 질렀다. 그런데 자신이 내지른 소리조차 들리지 않았다.

　무음, 무광의 공간.

　척신술은 숨이 가빠졌다. 뭔가 엄청난 일이 벌어지고 있는 것 같은데 아무것도 할 수 없으니 답답했다.

　그때 갑자기 시야가 밝아졌다.

"척 사형!"

"사매!"

셋은 겨우 세 걸음을 떨어져 있었다. 그런데도 전혀 알지를 못한 것이다.

척신술이 두 사매의 손을 붙잡으며 안도의 한숨을 쉬다가 이맛살을 찌푸렸다.

전면을 보고 있는 두 사매의 표정.

그것을 뭐라 표현할 수 있을까?

충격? 공포? 놀라움? 경악? 불신?

척신술은 조심스럽게 뒤로 돌아섰다. 그리고 그 역시 두 사매의 표정과 똑같은 표정을 지었다.

이백여 사파인 모두가 나자빠져 있었다. 그들의 신형에서 흘러나오는 기운이 전혀 없는 것으로 보아 즉사한 것이 자명했다.

무루가 손을 흔들며 나직이 중얼거렸다.

"토우!"

그러자 땅이 갑자기 허공에 솟구쳤다. 그리고는 죽은 자들의 시신 위에 쏟아져 내렸다.

대로가 거대한 봉분이 되는 과정이었다.

일남이녀는 나란히 서서 이 광경을 보았다. 누구도 입조차 뻥긋 못했다.

무루가 앞으로 걸었다. 한 오십 보 정도 걸었을까? 그가 한 기루의 이 층에서 사색이 된 자를 올려다보며 말했다.

"내려와라."

멀쩡한 데도 술에 취했다는 핑계로 부두령 광혈귀의 명을 따르지 않은 산적이었다. 몰래 숨어 구경하려던 것인데 너무 엄청난 광경을 보아버린 것이다.

"히끅."

그가 딸꾹질을 시작했다. 그러면서도 그는 무루의 말에 따라 내려왔다. 기루 안으로 들어가 계단을 통해 내려오는 것이 아니라 그냥 이 층의 난간에서 뛰어내렸다.

"히끅. 사, 살려주십시오."

"널 죽이지 않은 건 살려줄 수도 있다는 의미다. 물론 세상에 패악질하는 것을 믹기 위해 네 내력은 가져가겠지만."

"가, 감사합니다. 히끅."

산적은 연방 허리를 굽신거리며 말했다. 살 수 있는 것만으로도 족했다. 어차피 자신의 내력은 한줌도 되지 않는 미약한 것이었다. 목숨과는 비교할 수도 없었다.

무루가 살짝 손을 흔들자 산적이 눈을 부릅떴다. 딸꾹질이 멈춘 것이다.

"앞장서라."

"예? 어디로?"

“백운채 본진.”

“저, 정말이십니까?”

“두 번 말하게 하지 마라.”

“아, 알겠습니다.”

그는 고개를 기계적으로 끄덕였다. 반발이나 속인다는 것
은 상상할 수도 없었다.

무루가 고개를 돌려 척신술을 마주보았다. 척신술은 자리
에 못이라도 박힌 듯이 서 있었다. 그래서 무루와는 오십 보
가 넘는 거리가 되어 있었다.

“당신들은 이제 가던 길을 가도 좋아.”

“……!”

척신술과 두 여인의 눈에 파문이 일었다.

그들은 방금까지도 무루의 정확한 속내에 대해서 갈피를
잡지 못했다. 아니, 아까 광혈귀의 생각처럼 청화 나월희를
취하려는 것이란 의심이 가장 컸었다.

그런데… 정말로 그냥 가란다.

그리고 그는 정말 몸을 돌려 멀어져갔다.

척신술이 소리를 질렀다.

“대체 당신은 누구십니까?”

“나도 방금 전부터 인동초라니까.”

청화 나월희가 나섰다.

“잠깐만, 잠깐만요!”

“난 바빠.”

“방금 전부터 인동초라고 했잖아요? 그럼 그 전엔 누구였죠?”

“몰라도 돼. 귀찮게 하지 말고 가라고.”

무루가 점점 멀어져갔다.

척신술, 나월희 그리고 나월련의 시선이 서로 엉켰다.

“분명 숨어살며 무학을 익히던 기인이사일 거야.”

“산신령일지도 몰라요. 봤잖아요. 그 엄청난……. 휴우, 말도 안 나오네. 난 그런 무공을 듣도 보도 못했어요.”

“따라가 보자.”

“찬성!”

“동감!”

세 풋내기의 황당한 결정이었다. 백운채 본진으로 간다는데 따라가겠다니.

그런데 그 셋은, 삼척동자라도 할 수 있는, 위험할 수 있다는 것에 대해 생각을 하지 못했다.

그들은 경공을 펼쳐 금방 무루를 따라잡았다.

무루는 그들을 흘낏 보며 미간을 찌푸렸다.

“돌아가라.”

“저희들도 손을 거들겠습니다.”

척신술이 팔을 걷어붙이며 말했다.

"귀찮을 뿐이야."

그러더니 앞에서 걷고 있는 산적의 뒷덜미를 손으로 움켜잡고는 들어 올렸다.

그가 깜짝 놀라며 버둥거리자 무루가 말했다.

"걱정하지 마라. 너무 느리니 널 편하게 들고 경공을 펼치려는 거니까."

그의 말에 척신술과 두 여인의 얼굴이 일그러졌다. 이 사람이 경공을 펼치면 자신들의 실력으로는 절대 따라붙을 수 없을 것이 빤했다.

나월희가 급히 말했다.

"저는 무림말학 청화 나월희라고 합니다. 부디 존성대명을 알려주시면 제 가슴에 영원히 간직하겠습니다. 그리고 대선배님의 위명을 천하에 알리겠습니다."

무루가 입바람으로 한숨을 쉬듯이 머리칼을 불어 올리고는 나월희를 쏘아보았다.

"내가 그렇게 늙어 보이냐?"

"예?"

"무슨 존성대명이고 대선배님이야. 서른이 가까워지고 있지만 아직 팔팔한 이십대라고."

"……!"

셋은 또 다른 의미로 충격을 받았다. 분명 반로환동한 기인일 것이라 짐작했다. 나월련이 고개를 저으며 외쳤다.

"말도 안돼요. 왜 거짓말을 하시는 것이죠?"

"내가 너희들한테 거짓말 할 이유가 있나?"

"……."

"사실이다."

나월희가 무루의 앞을 막아서며 말했다.

"정말… 이신가요?"

"그래."

"당신 같은 무시무시한 청년 고수가 있다는 말은 한 번도 들은 적 없어요. 그리고 당신이 보여준 무위는 말도 안 되는 거라고요."

"이 빌어먹을 악몽혈겁만 아니었으면 난 고향땅에서 계속 조용히 살았을 거야."

"좋아요. 그럼 이름이라도 알려주세요. 당신의 이름을 반드시 세상에 알려서……."

"그럴 생각 추호도 하지 마라. 아니, 오늘 본 것도 다 잊어라."

"예? 그 무슨?"

"그게 날 도와주는 거다. 귀찮은 건 질색이니까."

"거짓말."

“뭐?”

“귀찮다면서 우리를 구해줬잖아요.”

무루가 기가 차다는 얼굴로 나월희를 직시했다.

“이렇게 귀찮게 할 줄 알았다면 절대 구하지 않았어.”

나월희는 입술을 깨물었다.

“좋아요. 하나만 더 여쭐게요. 어쨌든 우리는 구명지은을 입었어요. 그리고 당신께서 우리를 구한 건… 솔직히…….”

그녀가 말꼬리를 흐리다가 약간 쑥스럽다는 듯이 말했다.

“저나 제 동생의 외모도 한몫했겠지요?”

말하는 그녀의 눈이 뚫어지게 무루를 보았다. 무루가 바로 답했다.

“아니.”

나월희의 큰 눈이 흔들렸다.

“어떻게 그리 곧바로 대답할 수가 있죠? 혈기왕성한 이십 대라면서요? 그런데 저를 보고도 아무런 마음도 동하지 않았단 말인가요?”

“그래.”

역시나 생각할 필요도 없다는 듯이 바로 떨어지는 대답. 나월희가 이를 악물었다.

“솔직해져 봐요!”

무루가 기가 찬 표정을 짓자 나월희가 더욱 거세게 달라붙었다.

“정말 최소한의, 손톱만큼의 욕망도 생기지 않았나요? 그
건… 부끄러운 게 아니에요. 이해할 수 있어요. 쑥스럽긴 하
지만 제가 꽤 예쁘다는 건 알고 있으니까요.”

나월희의 뺨이 왠지 불그스름해졌다. 그건 단지 차가운 밤
바람 때문만은 아니었다.

“소협! 소협의 이름은 뭐죠?”

“지금은 알려줄 수 없어 유감이군.”

무루는 자신의 이름을 숨겨야 했다. 구위영의 안전을 위해
서. 그러나 나월희에겐 자신을 무시하는 것으로 들렸다.

“제가 사문을 묻는 것도 아니고 겨우 이름을 알려달라는
건데…….”

“아아. 이제 됐다. 나는 니한테 최소한의 관심도 없다. 그
러니 더 이상 귀찮게 하면…….”

나월희가 무루의 코앞으로 얼굴을 쑥 들이밀었다.

“어떻게 하실 건데요?”

그녀의 숨소리가 도발적으로 붉은 입술 사이에서 흘러나
왔다. 척신술과 나월련은 처음 보는 나월희의 모습에 당황해
어쩔 줄을 몰라 했다.

나월희가 목소리를 깔았다.

“나를 어떻게 하실 생각인데요?”

큰 갈색의 눈동자. 구름처럼 풍성한 속눈썹이 희미하게 떨었다. 무루가 씩 웃었다.

하얗게 드러나는 그의 미소.

그 미소에 나월희뿐만 아니라 떨어져 있는 나월련까지 심장이 벌렁거렸다.

"어떻게 하긴?"

"……?"

"이렇게 해주지."

무루가 입으로 그녀의 눈을 향해 후우 불었다.

나월희가 깜짝 놀라 얼굴을 약간 뒤로 젖히는 순간, 무루의 이마가 쇄도했다.

빠각.

이마와 이마의 충돌.

"까악!"

나월희가 이마를 손으로 잡으며 뒤로 나자빠졌다. 그녀는 순간적으로 없는 별이 보일 만큼 지독한 고통에 이마를 마구 비벼댔다.

"당신! 어떻게 나한테 이런……. 나는 청화인데."

"애들이 까불면 그렇게 되는 거다."

그 말을 끝으로 무루의 신형이 허공으로 솟구쳤다. 그리고 삼장여 정도의 높이까지 오르자 갑자기 그의 신형이 사라졌다.

"……!"

나월희는 발딱 일어서려다가 황당하고 허탈한 표정으로 텅 빈 허공만 바라보았다.

척신술, 나월련.

그들도 까만 허공을 보며 멍하게 있었다.

사람이 저렇게 사라질 수도 있다는 것이 놀라웠다.

하긴 생각해보면 그가 보인 모든 것이 다 신기의 연속이었다. 그런데 그런 그가 이십대라고?

가장 먼저 정신을 차린 나월희가 눈을 빛내며 말했다.

"저런 고수라면 분명 아는 사람이 있을 거야. 찾을 거야. 찾아야 해. 내 이마에 혹을 내다니. 그래도… 그 사람 입김은… 아주 감미로웠어."

척신술이 속으로 '끙' 하는 신음을 삼키고는 말을 받았다.

"사매. 서둘러 봉황문으로 가자. 그곳에 많은 사람들이 몰려 있으니 오늘 있었던 얘기를 하면 뭔가 알아낼 수도 있겠지."

나월련도 가세했다.

"용모파기를 그려서 봉황문의 사람들에게 보여주자. 그럼 더 쉽게 저분을 아는 사람을 찾을 수 있지 않을까?"

"좋은 생각이다, 사매."

나월희가 다시 허공을 보며 말했다.

"그런데 그분 혹시… 적검왕님의 제자가 아닐까?"

갑자기 튀어나온 무림의 전설.

그 이름에 모두가 수긍하는 표정을 지었다.

그분의 제자라면 자신들이 본 것이 이상하지 않았다.

그 절대적인 무위!

나월련이 박수까지 치며 좋아했다.

"맞아. 그럴 것 같아. 아아. 무림의 전설께서 제자와 함께 강호를 구하기 위해서 재출도하신 걸 거야. 어쩌면 숨겨놓은 아들이거나 손자일 지도 모르고."

척신술도 거들었다.

"아주 논리적이고 합리적인 추정이야. 그러고 보니 오늘 아침에 적검왕께서 재출도했다는 얘기를 얼핏 어디선가 들은 것 같은데……. 그때는 말도 안 된다고 생각해 흘려들었건만."

"어머! 정말요?"

그 셋은 들떴다.

세상은 온통 암울했다. 그 어둠 속에서 한줄기 희망의 빛을 본 것이었다.

물론 그들만의 착각이었지만 희망이란 것은 그것이 진실의 옷을 입든 거짓의 옷을 입든 개의치 않고 활력을 주는 법이었다.

나월희가 벅차오르는 가슴을 간신히 진정시키며 사형과 동생에게 말했다.

"그럼 지금 나……. 모든 무림인들의 우상이신 적검왕 어르신의 아들. 그분과 살을 맞댄 거야?"

"……."

"적검왕님이 내 시아버지가 되는 건가?"

"……."

착각은 거듭됨으로서 망상을 완성했다.

어쨌든 그날 밤 백운채는 강호에서 그 이름을 지웠다.

第四章

천년왕국(千年王國)

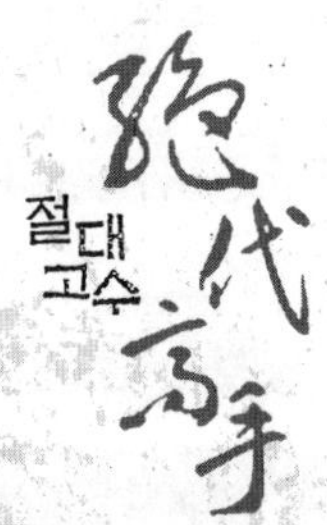

1

직검왕은 천천히 검신을 친으로 닦았디.

닦고, 또 닦고.

그러기를 벌써 반 시진 째였다.

결국 곁에서 묵묵히 지켜만 보던 축이 입을 열었다.

"사부님. 칼 닳겠습니다."

적검왕의 입에서 실소가 맺혔다. 그는 천천히 칼을 바닥에
내려놓고는 손으로 깍지를 끼었다. 그리고는 축을 안타까운
시선으로 보았다.

축이 우직하게 씩 웃었다.

"저는 안 떠납니다."

"그래. 안다. 보내도 졸졸 따라올 놈인 것을 내가 모르더냐? 그래서 더 가슴이 아프구나."

"우리는 이길 겁니다."

적검왕이 흐릿한 미소를 지으며 고개를 끄덕였다.

오늘 밤이 지나면 마교를 향한 출정이 시작될 것이다. 그리고 전광석화로 움직여 닷새 뒤 그들과 마주할 터였다.

청성파, 아미파, 당문, 악씨세가 등등 탁상공론만 하던 사천 지역의 대방파들이 적검왕을 보고는 모두 힘을 하나로 합쳤다.

과연 살아 있는 무림의 전설!

오로지 그만이 가질 수 있는 힘이고 영향력이었다.

지금도 사천성의 중소방파들과 평소 그를 존경했던 낭인들이 속속 합류 중이었다.

엿새 뒤 마교와 격돌이 있고, 세상은 보게 될 것이었다. 뜨거운 무림혼이 여전히 불타고 있음을. 정파가 죽지 않고 건재함을 말이다.

사실 외부로는 내일이 아니라 이레 후 출정이라 소문을 냈다. 그건 마교와 노야의 직전제자들을 향한 기만책이었다.

마교가 제대로 준비하기 전에, 직전제자들이 합류하기 전에 마교를 정리하려는 술책이었다.

"흐으음."

적검왕은 낮지만 긴 탄식을 흘렸다.

적검왕은 어떻게 해서든지 축은 살리고 싶었다. 녀석과 떨어질 고민을 하고 있었다. 그런데 어수룩해 보이기만 하는 축은 그 모든 것을 꿰뚫고 있었다.

노야의 직전제자들이 이미 마교에 합류했다면 전멸도 감수해야 했다. 그럴 가능성에 대비해 이 녀석만은 떼놓고 싶었지만 녀석은 결코 떨어질 놈이 아니었다.

적검왕은 고개를 흔들었다.

제자인 축이 안타깝기는 하나 그렇게 따지면 자신을 믿고 모여든 사천의 수천 정파인들도 똑같은 목숨인 것을.

일단 지금은 마교와의 싸움에만 집중해야 했다.

그 옛날 광원평의 마교가 아니다.

그 당시 자신이 상대한 것은 마교의 주력이었지 전부는 아니었다. 또한 지금의 마교주는 옛날 마교주보다 훨씬 강했다. 그리고 그 수하 마인들도 더 고강했다.

대신 지금 자신에게 사천성 정파들의 든든한 지원이 있었다. 사십오 년 전, 아니 이제 사십육 년 전인 그때는 혼자였지만.

여러 가지의 경우의 수를 따지면 큰 희생이 있겠지만 승산이 있었다. 가장 우려되는 것은 이미 마교 내에 노야의 직전제자가 합류했을 지도 모른다는 점이었다.

그런 걱정 때문에 적검왕은 서두르고 있었다.

갑자기 축이 말했다.

"사부님. 너무 좌고우면(左顧右眄)하지 마십시오. 초조해하지도 마십시오."

"응?"

"저는 사부님을 믿습니다, 언제나처럼."

"허허허."

"피할 수 없는 싸움 아닙니까? 그럼 싸우면 되는 거지요. 싸우다가 대갈팍 깨지면 어쩔 수 없는 거고요. 그냥 대갈팍 깨지기 전까지 싸우면 되는 거지요."

단순우직한 말이다. 축다운 말이었다. 그의 말이 이어졌다.

"어차피 뒷일은 그 사람에게 맡기기로 작정하신 것 아닙니까?"

적검왕이 빙그레 웃었다.

"알고 있었구나."

"분명한 건 사부님의 마지막에 제가 반드시 옆에 있을 거니까……. 외로울 걱정은 하지 않으셔도 된다는 겁니다."

"허허허. 이 녀석이 이제 별 걱정을 다하는구나. 너는 이 사부가 마치 죽기를 원하기라도 하는 것 같이 말하는구나."

“그러시려는 거 아닙니까?”

적검왕의 한쪽 눈가가 경련을 일으켰다. 축이 말했다.

“큰 장수는 자신이 죽을 자리를 스스로 정한다 했습니다. 사부님은 이번 마교와의 싸움에서 모든 것을 다 쏟아붓고… 어깨의 짐을 다 내려놓으시려는 것 아닙니까?”

“허허허…….”

적검왕은 말없이 웃기만 했다. 사부는 웃는데 제자의 눈에는 눈물이 글썽거렸다. 그러나 말하는 그의 입술은 미소를 짓고 있었다.

“지난 오랜 세월, 사부님을 짓눌렀던 그 무게를 저는 알기에, 그것도 나쁘지 않다 생각했습니다. 사부님답다 생각했습니다. 다만 그 길을 저도 따르려는 것뿐입니다.”

“…….”

“세상 어느 누구도 사부님의 선택을 욕할 수 없습니다. 다만 그 사람만은 예외지요. 사부님의 짐을 그 사람이 다 짊어지게 될 테니까요.”

적검왕이 깍지를 풀며 뺨을 긁었다.

“그래서 조금 미안한 생각도 드는구나. 나는 이리 홀가분한데.”

“어쩔 수 있겠습니까? 그것도 다 그 사람 팔자지요. 누가 그렇게 강하랍니까?”

“허허허. 허허허헛.”

적검왕이 허리까지 젖히며 웃었다. 그의 웃음이 잦아들자 축이 눈을 빛내며 말했다.

“저는 솔직히 사부님과 함께할 수 있어서 좋기만 합니다. 죽을 자리가 정해져서 더 좋습니다. 먼저 간 사제들한테 계속 미안했거든요.”

“……”

“그들이 보고 싶습니다.”

적검왕이 인자하게 웃었다.

“그래…… 나도 보고 싶구나. 허허허.”

적검왕은 축을 마주보며 미소 지었다.

그랬다.

자신이 남은 책임을 무루에게 남기고 마지막 불꽃을 태울 결심을 했듯이, 축도 그 자신의 선택을 한 것이다.

각자의 선택이었다.

누구의 강요도 없는 선택.

적검왕이 검을 검집에 넣고는 자리를 털고 일어났다.

“마지막 사천 연합 수장 회의를 하러 가야겠구나.”

축이 따라 일어서며 빙그레 웃었다. 그는 이 시간이 제일 좋았다. 내놓으라 하는 대방파들이 자신의 사부를 선망의 대상으로 보는 그 시간이.

그들은 적검왕을 믿고 끝까지 따를 것이다. 적검왕이 발을 내딛으려다가 멈췄다. 그리고 고개를 돌려 축을 바라보았다.

"그러고 보니 나는 너에게 한 번도 의견을 물어본 적이 없구나."

"사부님의 의지대로 하시면 됩니다."

역시나 축다운 대답이다.

"아니다. 이번에는 꼭 묻고 싶어서 그런다. 너는 어떻게 생각하느냐? 노야와 직전제자들에 대해서는 계속 말하지 않는 것이 좋다 생각하느냐?"

"……."

"직전제자들이 마교에 합류했다면 우리는 정말 아주 어려운 처지로 몰릴 수 있음을 그들에게 알려주어야 한다고 생각하느냐?"

적검왕은 아직 그들의 존재에 대해 말하지 않았다. 자신의 등장으로 인해 사기충천한 지금 일부러 사기를 떨어뜨리는 짓은 어리석다 여긴 것이다.

그러나 그들의 목숨이 달린 싸움이었다. 당연히 그들도 알 권리가 있다는 생각에 가슴 한구석이 계속 불편했다.

축이 얼굴을 일그러뜨렸다가 고개를 저었다.

"인정있는 장수라면 그리하는 것이 맞겠지요. 그러나 현명한 장수라면 사기를 저하시킬 어떤 것도 말하지 않을 것이라 생각됩니다."

"허허허. 인정과 현명이라."

"싸워서 이길 수 있다는 생각에 기세가 올랐습니다. 그런데 없을지 모를 자들을 경고해 굳이 분위기를 떨어뜨릴 필요가 있겠습니까?"

적검왕이 고개를 주억거렸다.

"나 역시 그렇게 생각했다. 그러나… 양날의 검이로구나. 만약 노야의 제자 한 명이 있다면 나는 그를 대적하는데 모든 힘을 다 쏟아내야 할 것이다. 그렇다면 사천 연합은 그들로서만 마교를 대적하지 못해. 두 명이라면 우리는 제대로 된 싸움을 해 보지도 못하고 무너질 터이고."

"아직 합류하지 못했을 것입니다. 그래서 시일도 최대한 빨리 당긴 것 아닙니까?"

적검왕은 대답없이 한숨을 삼켰다. 애초에 정답이 없는 질문이었다. 왜냐하면 마교에 그들이 있는 지 없는 지 알 수 없기에.

축이 고민스러워하는 사부를 위로했다.

"어차피 사부님이 계시지 않았다면 사천 연합은 마교의 발 아래 지리멸렬 사라졌을 겁니다. 그러나 지금 이들은 승전의 꿈을 꾸고 있습니다. 절망 끝에서 간신히 붙잡은 그 희망의 끈을 굳이 매정하게 자를 필요가 있겠습니까?"

“……”

“어차피 전쟁이란 어찌 될지 모르는 겁니다. 그저 대갈팍이 터질 때까지 싸우면 되는 거잖습니까?”

축이 씩 웃었다. 아까의 반복된 그 말에 적검왕도 웃었다.

“그래, 그렇지.”

이건 생사를 두고 싸우는 결전이었다, 피할 수 없는.

그렇다면 조금이라도 유리한 것을 선점해야 했다.

기세.

그것이 떨어지면 희망도 빛을 바랄 것이다.

2

노야는 물끄러미 눈앞에 놓어 있는 세 가지 기물들을 보았다.

저, 단검, 활.

고금사대병기 중 세 가지.

그것은 지독한 암흑의 기운과 파멸의 기운, 그리고 저주의 기운을 사위에 흘려댔다.

“하나가 없어. 하나가. 쯧쯧. 불사(不死)가 바로 코앞이거늘.”

노야는 혀를 차며 입맛을 다셨다.

피의 기운인 호혈약.

그 붉은 피리가 없는 것이 애석하다 못해 슬슬 화가 치밀어 올랐다.

그는 신경질적으로 가운데 있는 단검을 움켜잡았다. 그러자 파멸의 기운이 뭉클뭉클 일며 단검에서 흘러나왔다.

"아아아."

노야는 자신도 모르게 흥분에 찬 신음을 흘렸다. 단지 손을 댄 것만으로도 어마어마한 기운이 느껴졌다. 전신의 근육과 올올이 일어서는 것이 생생하게 감지됐다.

이 짜릿한 기운들을 흡수하고 싶어서 안달이 날 지경이었다.

그는 온몸을 부르르 떨다가 힘겹게 단검을 내려놓았다. 더 이상 계속 쥐고 있다가는 단검의 기운을 고스란히 몸 안으로 흡수하고 싶은 충동을 억제하지 못할 것 같아서였다.

노야는 그답지 않게 격한 숨을 몇 차례 내쉬었다. 그러자 이내 평소의 냉랭한 그로 돌아왔다.

그는 세 기물의 주변에서 서성이다가 다시 욕망을 이기지 못하고 저를 움켜잡았다.

뭉클뭉클.

먹물보다 더 짙은 검은 기운이 흘러나오며 그의 손을 지나 팔을 휘감았다. 그리고 그의 얼굴까지.

“아아아. 이런 짜릿한 기분을 대체 언제까지……..”

그의 신형이 부르르 떨렸다.

그리고 다시 그가 한숨을 삼키며 저를 놓으려 했다.

그 순간이었다.

사람들의 목소리가 노야의 귀로 파고들었다.

“적검왕이 사천 연합을 구축하는데 거의 완성했다는군.”

“그래? 후후후. 그는 예전 광원평의 전설을 다시 맛보고 싶어 하는가 보군. 하지만 이번 마교엔……. 흐흐흐.”

“크크큭. 하지만 그는 적검왕이야. 예전 검공이었던 적검왕.”

“그렇다고 해도 장강의 물결을 되돌릴 수는 없는 법이지. 게다가 마교에는 지금…….”

노야의 눈에서 검은 기운이 쏟아져 나왔다.

고금사대병기를 잡고 있는 지금, 그의 신체적 능력이 배가 되어 오백여 장 거리에 떨어져 있는 제자들이 기막을 둘러치고 속삭이는 얘기들이 들리는 것이다.

노야는 적검왕 얘기에 솔깃했다가 곧 흥미를 잃었다. 한 때 귀여워해 줬는데 배신한 놈이다. 그리고 곧 죽을 놈. 신경 쓸 가치나 의미가 있는 녀석이 아니다. 아쉬운 건 자신이 직접 목을 틀지 못하는 것일 뿐. 하지만 그게 무슨 상관이겠는가? 아랫것들이 다 알아서 할 것임을.

지금까지 그런 모든 소소한 것들은 녀석들에게 일임했고, 녀석들의 능력으로는 다 잘 처리해 왔으니까.

자신이 손가락으로 쿡 누르면 찍 소리도 내지 못하고 죽을 버러지를 상대한다는 것은 우스운 일이었다.

불사를 이룰 몸이 아니던가?

마왕으로 현세할 몸이 아니던가?

하나의 마왕으로 태어나되, 네 마왕의 힘을 움켜질 거대한 마신이 될 몸이 아니던가!

노야는 이쯤해서 저를 놓으려고 했다. 조금만 더 쥐고 있었다가는 절로 저의 기운이 자신의 몸에 흡수될 판이었다. 그때 그의 귀가 쫑긋 섰다.

"그나저나 노야, 저 늙은이는 어떻게 한다? 요즘 들어 호혈약을 찾아내라 더 난리를 치니. 저 말로 먼저 천하일통부터 하라 말한 지가 언제인데."

"큭큭. 불사의 욕망이 그만큼 점점 간절해진다는 거겠지. 이해도 되지 않나? 고금사대병기 중 세 가지가 있는데 하나만 없으니 얼마나 미치겠나?"

"흐흐흐. 그래. 대사형의 의도대로 결국 심마에 걸려 뒈져야 할 텐데 말이야."

노야는 충격에 빠져 주먹을 움켜쥐었다.

이럴 수가!

자신의 직전제자들이 감히 자신을 두고 이런 말을 지껄이고 있다는 것이 믿겨지지가 않았다.

대체 왜?

"그 늙은이가 아직도 우리가 호혈약을 찾아서 바칠 것이라고 굳건히 믿고 있는 것을 보면 속으로 얼마나 웃음이 나오는지."

"흐흐흐. 그런 미친 짓을 우리가 왜 하나? 안 그런가? 그 늙은이만 없으면 우리가 천하의 주인인데."

노야는 입술을 질끈 깨물었다. 전신에서 노염이 부글부글 끓었다.

그러니까 결국… 자신은 애써 키운 제자들한테 속고 있었다는 말이었다. 놈들은 애초에 고금사대병기를 모두 찾아 바칠 생각이 없었던 것이다.

그랬다.

만약 직전제자들이 마음먹고 호혈약을 취하려했다면 예전에 진즉 가능했던 것이다. 그들의 힘으로서 무엇을 못하겠는가?

일부러 세 개만 찾아놓고 주화입마나 심마에 빠지길 유도하고 있었던 것이다.

기실 진설이 호혈약을 가지고 도망 다닐 때, 그녀가 단순히 운이 따라서 계속 살아남았던 것은 아니었다.

　오인원탁회가 호혈약을 찾아다닐 때 그들을 방해한 것은 적검왕의 은검지만이 아니었던 것이다. 몇 번은 직전제자들이 교묘하게 은검지 전사인 것마냥 훼방을 했던 것이다.

　"그나저나 정말 궁금하군. 왜 대사형은 호혈약을 우리가 회수해서 숨기는 것에 반대한 것인지. 불안하게 세상에 둘 필요가 없었던 것 아닌가?"

　"정말 몰라서 묻는 건가?"

　"자네는 아나?"

　"흐흐흐. 자네 의외로 멍청하군."

　"뭐라고?"

　"창공 같이 노야에게 우직한 놈도 있지."

　"그 녀석이야 그렇지만……. 어쨌든 그 녀석 모르게."

　"만에 하나 우리들 중에 배신자가 나와서 노야에게 붙으면?"

　"아하. 그렇군. 아예 배신할 놈이 발생할 여지를 두지 않겠다는 거군."

　"그렇지."

　듣고 있는 노야가 주체할 수 없는 분노로 인해 안광이 폭사했다. 저에서 뭉클뭉클 흘러나오는 암흑의 기운이 거센 속도로 노야의 몸속으로 흡수되기 시작했다.

　"그런데 지금 호혈약은 어디에 있지?"

“그게 좀 애매해졌어. 사라져버렸거든.”

“진설, 그 계집이 가지고 있었잖나?”

“그게 흑룡문주에게 들어간 것 같은데……. 흑룡문주가 누군가에게 죽어버렸잖나. 그와 함께 호혈약도 사라졌어.”

“음. 골치 아프군. 갑자기 나타나면…….”

“뭐, 어쩌겠나. 그때도 여태까지 해왔던 것처럼 우리가 중간에 슬쩍슬쩍 개입하면 되는 거지.”

“크크크. 그건 그렇지.”

노야가 쥐고 있는 저가 콰직 소리를 내며 부러졌다.

동시에 저가 가지고 있던 마지막 암흑의 기운이 모조리 노야의 몸속으로 흡수되었다.

노야는 이를 악물었다.

네 개를 잇달아 흡수해야 불사를 이룰 수 있었다. 그러니 이제 불사는 물 건너 간 셈이었다.

주체할 수 없는 격정과 분노로 인해 그는 자신도 모르게 고금사대병기의 기물 하나를 몸속으로 빨아들인 것이다.

“하아아아.”

그가 입을 열자 검은 기운이 스르르 흘러나왔다. 노야의 얼굴에 한스러움과 분노가 교차됐다.

그는 잠시 그렇게 입술을 꾹 다문 채 전면을 주시했다.

그곳에 놓인 단검과 활.

파멸과 저주의 기운.

"감히 벌레만도 못한 것들이 나를 그리 오랫동안 농락했단 말이지."

그의 입술 사이로 스산한 목소리가 흘러나왔다.

"이래서 인간은 믿어서는 안 되는 거야. 모조리 죽이고 노예로 전락시켜야 되는 것이지."

마치 자신은 인간이 아닌 것마냥 말하는 노야.

그는 주저 없이 활을 집어 들었다.

뭉클뭉클.

저주의 기운이 숫았다.

"그래. 불사는 포기하지. 그러나 이 세 가지 기물을 흡수함으로서 나는 앞으로 천 년은 족히 더 살 수 있다. 나의 천년왕국을 건설해주지. 그 천 년동안 나는 세상 곳곳의 인간을 모조리 죽여 버릴 것이다. 단 하나의 인간도 남겨두지 않을 터다!"

마침내 저주의 기운까지 다 흡수한 그는 활도 부러뜨렸다. 인세의 힘으로 결코 깨뜨릴 수 없다는 기물들이 연이어 부서져 나갔다.

그는 마지막으로 단검을 집었다.

"언제까지 날 농락할지 지켜보마. 내가 너희들을 얼마나 잔혹하게 부려먹을지 기대해도 좋을 것이다. 이 빌어먹을 제자 놈들아. 크크크. 크하하하하.”

파멸의 기운이 모조리 그의 전신으로 빨려 들어갔다.

그리고 반나절 후.

쿠쿵. 쿵. 쿵.

그가 거처에서 나왔다.

서른 후반? 마흔 초반?

믿기지 않을 정도로 하얀 피부를 가진 절세미남의 중년인
이 암흑에 깔린 하늘을 보았다.

“하하하. 크하하하.”

앙천대소(仰天大笑).

그의 광소에 하늘까지 흔들렸다.

그 소리에 놀란 제자들 셋이 바람처럼 달려왔다.

노아의 거처 주변에는 언제리도 심부름을 할 수 있게 최소
한 세 명은 대기하고 있었던 것이다.

그들은 하늘을 향해 웃고 있는 노야를 보고는 얼굴이 백짓
장처럼 변했다.

완전히 변한 외모.

그러나 느낄 수 있었다.

이 중년 미남이 노야라는 것을.

그리고 또 한 가지를 느꼈다.

예전에도 감히 항거할 수 없게 만들 정도로 거대한 힘의 소

유자였던 노야.

그러나 그 힘은 지금에 비하면 조족지혈이었다.

이건 그야말로 천지를 뒤집어엎을 미증유의 가공할 힘이었다.

세 제자는 완벽하게 그 힘의 느낌에 압도되어 오체투지를 했다.

"노, 노야를 뵈옵니다."

노야가 광소를 뚝 멈추고는 앞에 엎드린 세 제자를 보았다.

제자들의 맏이인 도공(刀公).

그리고 아까 비밀 얘기를 나누던 비공(比公)과 유공(幽公).

그의 입술에 잔인한 미소가 섬전처럼 지나갔다.

"호혈약은?"

영문을 알 수 없는 세 제자들은 고개를 돌려 저희들끼리 보다가 도공이 입을 열었다.

"열심히 찾고 있는 중입니다."

"그래?"

뭔가 아주 모호한 느낌을 주는 의문성.

세 제자들의 목젖이 절로 꿀렁거렸다. 식은땀이 그들의 뺨을 타고 흘렀다.

"그렇단 말이지?"

비공이 대답했다.

"예. 대사형의 말처럼 열심히 찾는 중이옵니다."

"열심히 찾는다면서 너희들은 여기서 뭐하고 있는 거냐?"

"예? 저, 저희들은 사부님의 명이나 심부름을 대비해 언제라도 움직일 수 있게……."

"그딴 소리는 집어쳐라."

"……"

"반년을 주마. 그때까지 호혈약을 찾지 못하면 나는 새로운 제자들을 받아들일 것이다."

"……!"

셋은 말문을 잃고 눈을 부릅떴다. 대체 이게 무슨 청천벽력 같은 소리란 말인가?

도공이 떨리는 목소리로 말했다.

"사, 사부님. 대체 무슨 말씀이신지."

"나는 충분한 시간을 너희에게 주었다고 생각한다. 그런데 사냥을 할 수 없는 개라고 판명된다면 내가 어떻게 해야 할까?"

도공의 얼굴에 짙은 그늘이 내려섰다.

토사구팽(兎死狗烹)시키겠다는 뜻이었다. 버리겠다는 말이다.

도공의 얼굴에 긴박감이 흘렀다.

"사부님! 수십 년을 찾아 헤매던 것입니다. 갑자기 겨우 반년이라니요? 그리고 지금은 천하일통에 집중해야 할 시기인데……."

"도공."

낮지만 서슬 퍼런 노야의 음성.

그 칼날같은 목소리에 천하에서 가장 강하다 자부하고 있던 도공의 심장이 단숨에 쪼그라들었다.

"예……. 사, 사부님."

"이제부터 너희들은 나를 향해 사부라 부르지 못한다."

"……!"

"나는 그렇게 무능력한 제자를 키운 기억이 없으니까."

질식할 것만 같은 정적이 빠르게 스쳐갔다. 노야의 말이 이어졌다.

"앞으로는 나를 주군이라 불러라."

도공, 유공, 비공이 입술을 꾹 깨물었다가 이마를 땅에 대며 외쳤다.

"알겠습니다."

"반년. 그 안에 호혈약을 찾아오면 너희는 나를 다시 사부라 부를 수 있게 될 것이다. 그리고… 목숨도 연명할 수 있겠지."

"……!"

셋의 눈에 파문이 일었다.

돌아서는 노야의 입가에 아주 잔인한 미소가 맺혀 있었다.

'어디, 네놈들이 어떻게 나오나 구경해주마.'

그가 처소로 들어서자 남은 셋이 상체를 들고 무형의 압박 때문에 제대로 쉬지 못하던 숨을 그제야 크게 쉬었다.

"하아아."

도공이 한숨을 크게 내쉬자 비공, 유공이 따라 한숨을 쉬었다.

서로가 서로를 마주보았다.

아무 말도 할 수가 없었다.

노야가 지척에 있었다. 무슨 말을 해도 다 들을 것이다. 그러나 그들은 이미 눈으로 말하고 있었다.

상황이 아주… 엿같이 돼버렸다는 것을.

도공이 부들부들 떨리는 무릎을 양손으로 잡아 진정시키며 일어서고는 입을 열었다. 그의 음성은 피곤해 진이 다 빠져 있었다.

"사제들에게 전해라, 지금 여기서 노야께서 하신 말씀을."

"예. 대사형."

"찾아라."

"예."

"찾지 못하면 사부님……. 아니, 주군께 죽기 전에 나에게 먼저 죽을 것이라고 전해라. 다른 모든 일보다 최우선적으로 처리해야 한다."

"……."

"당장 전서응을 띄우고 너희들도 곧바로 움직여라. 개인적
으로 가지고 있는 정보 조직을 모조리 호혈약에 집중시킨
다."

비공이 머뭇거리다가 말했다.

"마교에 가있는 마공(魔公)과 섬공(閃公)에게는……."

도공의 미간에 주름살이 깊게 패였다. 그는 머뭇거리다가
한숨과 함께 말했다.

"사천 연합과의 일전까지만 자유다. 그 이후는 그들도 호
혈약을 찾아야 한다. 마공은 사천을, 섬공은 섬서를 맡으라
하라."

"알겠습니다."

"먼저 각자가 현재 있는 곳의 성(省)을 완벽하게 탐문하라
전해라, 이번 겨울이 끝나기 전까지."

"예. 대사형."

"그리고 너희들 둘은… 안의 땅으로 가라. 호혈약이 마지
막으로 사라진 곳. 그곳에서부터 시작해라."

"예."

"우리는 모두 각자 움직인다. 그런데 너희 둘을 함께 그곳
에 보내는 의미는… 그만큼 그곳이 가장 중요하다는 뜻이다.

그리고 진설, 그 계집의 행방도 다시 찾아야 할 것이다.”

“그리하겠습니다.”

“가라!”

도공이 말이 떨어지기 무섭게 둘의 신형이 자리에서 자취를 감췄다. 도공은 속으로 이를 갈며 노야가 사라진 거처를 보았다.

‘갑자기 왜 그러시는 거요, 늙은이.’

화가 치밀어 올랐다. 하지만 자신이 할 수 있는 반항은 아무것도 없었다. 제자들과 가지고 있는 모든 힘, 오인원탁과 마교 등등을 총동원해 싸운다면 무소불위의 힘을 가진 노야도 누를 수 있을 것이라 여겼다.

그런데 갑자기 강해졌다.

무슨 깨달음을 읽있는지 훨씬 디 강해졌디.

도공은 알지 못했다.

노야가 세 기물의 힘을 결국 흡수했다는 것을.

그렇기에 도공은 절망스러운 얼굴로 돌아섰다.

한숨만 흘러나왔다.

노야는 존재만 하고 통치는 사실상 자신이 할 세상이 코앞에 있었다. 그것이 한순간에 물거품이 되어버린 것이다.

‘어쩔 수 없다. 나중 일은 나중에 생각해도 늦지 않다. 일단 호혈약을 찾아 바치는 수밖에. 이인자로서의 삶으로 만족

하는 수밖에.'

그의 평생 숙원이 와르르 무너지는 순간이었다. 그렇기에 돌아서는 그의 어깨가 초라하게만 느껴졌다.

우연.

정말로 우연히 듣게 된 제자들의 대화로 인해 노염을 참지 못하고 우연히 흡수된 기물의 힘.

이것이 불러올 변화를 그때는 아무도 몰랐다.

어쨌거나 모두가 사라진 자리에 노야가 다시 모습을 드러냈다. 십년 묵은 체증이 내려간 표정인 그는 비릿하게 웃었다. 그러나 그 비소엔 아릿한 아픔도 있었다.

불사를 포기한 아픔이.

그 아픈 상처에 적의와 경멸 그리고 증오만이 활활 불타올랐다.

第五章
투이할란 회전(會戰)

사천성의 성도(省都)인 성도(成都)에 도착한 무루는 탄식했다. 이미 이틀 전 떠나버린 사천 연합.

"기만술을 쓰셨군."

여기까지 오면서 풍문으로 전해진 출정 날보다 훨씬 먼저 사천 연합을 움직인 것이다. 매우 여유롭게 도착할 줄 알았는데 말이다.

무루는 사천 연합이 떠난 날짜를 고려해서 마교의 충돌할 날을 대충 짐작할 수 있었다.

아무리 빨리 움직인다고 해도 사천 연합은 삼천의 대군이었다. 그리고 무림인의 특성상 대개가 말을 소지하고 있지 않기 때문에 따라잡는 것은 그리 어렵지 않다고 판단했다.

그는 여기에서 반나절 동안 머물면서 혈광비가 전해준 지도의 비밀장소에서 그동안의 정보를 보기로 결정했다.

그렇게 찾아들어간 황금련 산하 사천상회에서 그는 암독왕이 보내둔 따끈한 최근의 정황을 파악할 수 있었다.

청송단의 활약은 그를 미소 짓게 만들었다. 한 명이 경상을 입었을 뿐, 모두가 건재했다.

그리고 남궁가주와 무림맹주는 아직 싸움에 끼어들지는 않지만 말을 타고 후위에서 모습을 드러내는 것만으로도 그것을 목도한 인동초나 정파인들에게 큰 희망을 안겨주고 있다는 소식이었다.

그리고 안의 땅은 여전히 평화로우니 별 걱정을 하지 말라는 말과 며칠 뒤 오인원탁과 책사의 회합이 일어난다는 말도 적혀 있었다.

"너무 순조롭군."

무루는 말하다가 피식 웃었다. 순조로워서 다행이어야 하는데 왠지 불안했던 것이다. 역시나 그곳에 소중한 사람들이 많았기에 어쩔 수 없는 심정의 표출이었다.

"그래. 이 일만 끝내면 서둘러 안의로 돌아가야지."

무루는 혼잣말로 중얼거리고는 사천상회를 나섰다. 지금

까지처럼 경공을 펼칠까 하다가 말을 타기로 마음을 바꿨다.

그는 말 타는 것을 좋아했다. 그렇기에 청송단도 기마단으로 꾸린 것이다.

물론 시간을 따지면 자신이 경공을 쓰는 것이 나았지만 한 가지 불편한 점이 있었다.

무지막지할 정도로 빠른 그의 경공술의 속도에 입고 있는 옷이 압박을 견디지 못하고 채 반나절이 가기도 전에 너덜너덜해지는 것이다.

봇짐을 가지고 있으면 천이 찢어져 물건들이 쏟아지기 일쑤였다.

그러나 말을 타면 그런 불편함을 덜 수 있었다.

무루는 마시장에서 가장 괜찮아 보이는 말을 하나 구입했고, 여벌의 옷을 몇 벌 구했다. 그리고 다시 혼자만의 외롭고 지루한 여행이 시작됐다.

그때까지 무루는 짐작도 하지 못했다.

사천 연합이 얼마나 무서운 속도로 이동을 했는지 말이다. 적검왕은 만의 하나 노야의 직전제자들이 합류할 가능성을 조금이라도 줄이기 위해 최선의 노력을 기울이고 있었다.

무루는 이틀이나 말을 부지런히 몰았는 데도 그들의 뒤꽁무니조차 발견하지 못하자 일이 예상과 다르게 돌아가고 있음을 깨달았다. 지나간 사천 연합에 대해 세인들에게 물어보면 거리가 예상보다 훨씬 조금밖에 좁혀지지 않고 있었다.

한숨이 절로 터졌다.

"어르신. 정말 끝까지 나를 놀라게 하시는군요. 하지만 이리 빨리 움직이면 사천 연합의 체력이 걱정인데."

무루는 이맛살을 찌푸렸다.

결론은 둘 중의 하나였다.

마교와 대치하기 전 하루 정도는 거리를 두고 체력을 비축하든지 아니면 그런 예상을 깨고 전광석화처럼 계속 들이쳐 제대로 된 기습을 하든지.

첫 번째 방법은 안정적이다.

두 번째 방법은 양날의 검이다. 기습이 제대로 먹혀 초반에 승기를 잡는다면 좋겠지만 그렇지 않고 기습에 대한 저항이 거세면 시간이 흐를수록 현저하게 밀릴 것이리라.

무루는 부디 적검왕이 첫 번째 방법을 선택하기를 빌었다. 그러나 돌아가는 흐름으로 봐서 두 번째 방법을 선택할 공산이 높았다. 그것도 아주 많이.

적검왕은 스스로 초반의 승기를 결정할 작정을 하고 있을 터였다. 최대한 마교의 핵심 부대를 그 홀로 깨부술 결심을 한 것으로 보였다.

그 옛날, 광원평에서처럼 말이다.

결국 그날, 무루는 말을 버렸다. 그리고 채 한 번도 입지 못한 새 옷들도.

2

투이할란 분지.

그곳에서 막사를 치고 겨울을 보내고 있던 마교주는 기가 차서 연신 자신이 보고 있는 것을 확인했다.

지평선 저 끝에 위치한 태령산에서 정파인들이 쏟아져 나오고 있었다.

뎅뎅뎅뎅뎅!

이른 아침 비상을 알리는 종소리가 투이할란 분지를 뒤흔들었다.

교주와 함께 임시 망루에 올라온 마교의 군사 마뇌(魔腦)는 이맛살을 가득 찌푸리며 오만상을 썼다.

"저들이 대체 어떻게 이리 빨리?"

성도에 심어두었던 간자들이 사천 연합의 출정일을 알려주었다. 예상보다 훨씬 빠른 출정.

뭐, 그것은 그렇다 할 수 있었다.

문제는 성도와 이곳까지의 거리였다. 삼천의 대군이 절대 올 수 있는 시간이 아니었다.

한 방 먹은 표정의 마뇌가 썩은 미소로 말했다.

"적검왕이 미쳤나 봅니다."

마교주는 그런 마뇌를 보고는 기가 찼다.

빠각!

마뇌의 머리를 한 차례 가격한 마교주가 버럭 고함을 질렀다.

"이 멍청한 놈아. 네놈이 그러고도 본교의 군사라고 할 수 있냐? 지금 기껏 내놓는 말이 뭐? 적검왕이 미쳤나 봅니다?"

"크으. 교, 교주님, 죄송합니다."

"너는 지금 뒤에 본교의 수하들이 우왕좌왕하는 것이 안보이냐? 당황하는 것이 안보이냐고?"

"제가 장님도 아닌데 왜 못 보겠습니까?"

"뚫린 입이라고 지껄이지만 말고 제대로 된 계책을 내놓으란 말이다."

마뇌가 얻어맞은 머리를 쓱쓱 문지르며 심드렁하게 대꾸했다.

"너무 걱정하지 마십시오. 저들이 이 시간에 나타났다는 것은 상당한 강행군을 했다는 반증입니다."

"그렇지."

"저들은 기습으로 초반에 승기를 잡고 그것을 굳히겠다는 전술이지요."

마교주가 고개를 끄덕였다. 그런 그의 표정은 초조했다.

선두에서 답설무흔의 경공을 펼치며 달려오는 적검왕과 사천 연합의 수뇌부가 빠른 속도로 다가오고 있었다.

"결론은 우리는 저들의 초반 기세만 잠시 붙들어 매면 됩니다. 본교의 자랑스러운 마인들이 전열을 준비할 때까지만 말입니다. 그 정도의 시간은 서두르면 한 일각이면 충분할 겁니다."

"저 놈들은 이제 코앞인데."

마뇌가 씩 웃으며 말했다.

"교주님답지 않게 엄살을 피우십니다. 일단 역천강시대(逆天殭屍隊)로 시간을 벌면 되지요."

그는 말이 끝나기 무섭게 소매춤에서 명적을 꺼내더니 내공을 실어 힘차게 불었다.

그러자 마교의 진영 잎 백여 보 거리에서 놀라운 일이 벌이졌다.

쌓였던 눈이 쩍쩍 갈라졌다. 아니 그 밑의 대지에 구멍이 숭숭 뚫리며 강시들이 동체를 허공으로 솟구쳤다.

예전 칠차 침공때처럼 혈강시, 철강시, 생강시로 이뤄진 강시대였다. 거기에 독강시까지 더했다.

마뇌가 미소를 지으며 말을 이었다.

"다른 자였더라면 역천강시대만으로도 충분하겠으나 상대는 적검왕. 제압은 힘들겠지요. 그러나 일각의 시간은 충분히 벌어줄 겁니다. 예전에 그가 역천강시대를 상대했던 시간은 반나절. 흐흐흐. 그리고 지금 우리가 보유하고 있는 저 강시들은 예전에 비해 더 강하고 독강시까지 포함되어 있습니다.”

마교주는 일단 한숨 돌렸다는 표정을 지었다. 사실 그는 적검왕이 이끄는 사천 연합군에 패한다는 가정은 손톱만큼도 하지 않았다. 그러나 기습으로 인해 적지 않은 피해가 올 것을 우려했던 것이다.

그리고 그가 소교주였던 당시, 그때 광원평에서 보았던 적검왕의 무시무시했던 무위가 머리에 각인되어 지워지지 않는 공포로 자리해 버렸다.

그는 예전 적검왕에게 당했던 자신의 아버지보다 더 강한데도 말이다.

“그런데 마공과 섬공께서는 대체 왜 나오시지 않는 거냐? 이 정도로 비상종을 울려댔는데.”

“그분들이야 워낙 여유로운 분들 아니십니까? 아마 천천히 구경하시다가 나중에 힘 빠진 적검왕을 가지고 놀 심산이신가 보지요. 나서려면 벌써 나섰을 겁니다.”

“끄응.”

마교주는 신음을 삼켰다. 그러나 노야의 직전제자들이니 뭐라 할 수도 없는 노릇이었다.

기실 마공과 섬공은 전날 저녁에 대사형인 도공의 연통을 받고는 홧김에 술을 밤새도록 퍼마셨던 것이다.

물론 그럼에도 불구하고 그들은 지금 적검왕과 사천 연합이 쳐들어오고 있음을 알고 있었다. 그래도 당장 귀찮은지라, 그리고 술에서 아직 깨고 싶지 않은지라 자신의 막사 안에서 퍼질러 누워 있는 중이었다.

마뇌가 또 입을 열었다.

"어쨌거나 대비를 더 튼튼히 하는 것도 나쁘지 않으니 천마수라대를 준비해두는 것은 어떻겠습니까?"

천마수라대(天魔修羅隊)!

교주의 명만 받는 마교 최고수 마인들만 모여 있는 단체다. 교주는 솔직히 그건 별로 내키지 않았다.

천마수라대는 자신이 가장 아끼는 수하들이 모여 있는, 그야말로 마교의 최정예 조직이었다. 그들이 적검왕과 맞부딪치게 되면 적지 않은 피해가 있을 것이 빤했다.

적검왕만 아니라면 천마수라대만으로도 저 사천 연합을 쓸어버릴 정도로 강력한 힘을 가진 단체.

그러나 교주는 고개를 끄덕일 수밖에 없었다.

우왕좌왕하면서 전열을 맞춰가고 있는 다른 조직과 달리 유일하게 벌써 채비를 마친 곳은 천마수라대밖에 없었으니까.

그리고 사실상 그들이 먁사 앞을 지킨다면 그 무엇보다 든든한 것도 사실이었다.

마뇌가 망루 밑에서 대기하고 있는 천마수라대주에게 수신호를 보냈다. 그러자 대주가 고개를 끄덕이고는 앞으로 이동을 시작했다.

"자, 교주님. 이제 다 끝났습니다. 일단 역천강시대가 버티는 동안 전열을 구축하고, 그리고 천마수라대와 함께 본교의 칠천 대군이 모두 몰려나가 쓸어버리면 되는 거지요."

"그래야지."

"예. 어쨌거나 마공과 섬공이 빨리 도와주셔야 본교의 피해가 훨씬 줄 텐데 말입니다. 본교가 이들하고만 싸울 것도 아니고 계속 중원으로 나아가면 싸워야하는데……. 쯧쯧. 어제 두 분이 전서응으로 뭔가를 받으시더니 너무 과음하시던 것이 걸리는군요."

"그러게 말이다. 어째 오늘 아예 싸움에 나오지 않을 수도 있다는 생각이 드는구나."

"그러면 본교는 사천성까지만 나아가고 더 진군하지 못할 겁니다."

교주는 할 말이 없었다. 사실 자신도 다른 상대라면 이리 호들갑을 떨지는 않는다. 아니 무시하고 당장 달려 나가 때려 죽일 것이다.

그러나… 상대가 적검왕이었다.

군사가 말을 이었다.

"적검왕은 만만치 않은 상대. 본교의 피해가 너무 클 테니까요. 안되겠습니다. 제가 직접 두 분의 막사에 가봐야 하겠습니다."

"그래. 서둘러라."

교주는 마뇌가 가끔 헛소리를 하긴 하지만 그래도 참 쓸 만한 놈이라 생각하며 전면으로 시선을 돌렸다. 마침 적검왕과 역천강시대의 충돌이 시작하는 시점이었다.

"우와아아아아!"

격한 함성을 등에 업고 달리는 적검왕은 검을 들고 있는 손에 힘을 강하게 주었다.

그의 입가에 깃드는 미소.

"또 그 역천강시대인가 뭔가 하는 것들이군."

예전엔 반나절 가까이 걸렸다. 그러나 자신은 더 강해졌다. 물론 저 역천강시대도 더 강해진 것 같았다. 종류도 많아졌고.

그러나 가장 큰 차이가 있었다.

그때 광원평에서는 힘을 비축해 가며 싸웠다. 그러나 오늘 그는 모든 것을 불사를 작정이었다.

그의 신형이 솟구쳤다.

거의 오장 가까이 치솟은 그의 신형.

슈가가아앗.

검이 허공을 잘랐다. 그와 함께 십여 구의 강시 목이 뎅경하니 날아갔다.

단 일초였다!

그 광경에 뒤따르는 정파인들이 눈을 부릅뜨며 놀라다가 용기백배되어 더 큰 함성을 질러댔다.

갑자기 강시들이 땅에서 솟구쳐 저어하는 마음이 생기긴 했지만 앞에서 달리는 적검왕의 등을 보며 애써 위안했었다.

그런데 적검왕의 황홀할 정도로 강력한 무위를 보니 지난 강행군의 피로가 단숨에 사라질 정도였다.

"우와아아아아아!"

그들의 함성이 하늘을 뒤엎었다.

그리고 또 한 명!

축이 몸을 허공으로 띄웠다.

그 거대한 덩치가 움직이며 거대한 도(刀)가 광풍을 만들어 냈다.

부우우우웅.

공기가 출렁이는 것이 멀리 떨어져 있는 사람들에게까지

느껴졌다. 그리고 그 강력한 도풍에 축에 달려들던 네 구의 생강시 몸이 갈가리 찢겨졌다.

또 다시 이는 함성!

"우와아아아!"

악씨세가주, 악비평이 고함을 질렀다.

"악씨세가는 전력으로 달려라."

당문주도 외쳤다.

"오늘 당문 암기의 무서움을 마인들에게 똑똑히 심어주자. 가자. 가라!"

청성파와 아미파의 장문인도 합세해 목청을 드높였다.

"마인들에게 하늘의 준엄한 심판을 대신할 것이로다!"

"무량수불! 불에 타 죽은 곤륜 동도들의 원한을 위로할 지로다! 오늘만은 살계를 활짝 열리라!"

"와아아아아!"

한편 망루에서 상황을 보던 마교주는 당혹스럽다 못해 어처구니가 없었다.

"뭐, 뭐야? 강시들이 왜 저리 수수깡처럼 베어지는 거야? 불량품이었던 거냐?"

따지고 싶어도 따져 물을 책사가 옆에 없었다.

마교주의 머릿속에 잠재한 광원평에서의 적검왕.

그 공포가 스멀스멀 기어 나왔다.

목젖이 절로 꿀렁거리면서 초초한 입김이 연방 하얗게 흘러나왔다.

그리고 천검수라대의 마인들도 술렁이기 시작했다.

역천수라대의 무서움은 마인들이 그 누구보다 잘 안다. 그런데 저렇게 쉽게 픽픽 나가떨어지는 것을 보니 눈이 의심스럽기까지 했다.

천검수라대주가 신음을 흘렸다.

"역시 적검왕. 과연 살아 있는 무림의 전설."

검파에 손을 올린 그의 손이 미세하게 떨고 있었다.

쇄애애액.

적검왕의 검은 쉬지 않았다. 번개처럼 사방 공간을 할퀴어 댔다. 그때마다 강시들이 굉음을 터뜨리며 서걱서걱 베어져 나갔다.

"크르르르."

세 구의 철강시가 달려들었다.

적검왕이 비웃었다.

"너희들 아주 지겹게 봤었지."

파아앗. 팟팟!

검의 움직인다. 아니, 물결처럼 바람처럼 흐른다.

그 흐름에 있는 강시들이 일순간 동체를 정지했다가 일검 양단된다.

축은 씩씩거리면서 그 큰 도를 마구잡이로 휘둘렀다. 예전 자신의 사제들을 앗아간 원수를 갚겠다는 듯이.

그리고 사천 연합의 수뇌부가 곧바로 가세했다.

결과는 둑이 무너지듯 역천강시대가 와르르 무너져 내렸다. 반의 반각밖에 되지 않는 순간에 이백여 구에 가깝던 강시들이 채 삼십도 남지 않았다.

천마수라대주는 심호흡을 하며 고개를 돌려 위를 보았다. 망루에 위치한 교주.

마침 둘의 시선이 마주쳤다.

"교주님. 저희가 나서야겠습니다."

"당장 나가라."

천마수라대주의 눈동자가 얼핏 흔들렸다.

"교주님께서는… 같이 안가시겠습니까?"

천마수라대는 당연히 대주의 지휘하에 움직인다. 그러나 이러한 대규모 회전에서는 늘 교주가 함께했다.

교주가 찰나 고민스런 표정을 짓더니 말했다.

"먼저 가라."

"……."

"반각만 조금 넘게, 아니, 반각만 버텨라."

대주는 한숨을 삼켰다.

어쩔 수 없는 노룻이었다. 마교주로서 좀 위신이 떨어져 보이기는 했지만 현명한 처사였다.

상대는 적검왕.

만의 하나 초반에 교주가 적검왕에게 불운의 중상이라도 입게 된다면 마교는 곧바로 회군할 수밖에 없는 노릇이 아닌가.

대주가 검을 빼어 들고는 나직이 외쳤다.

"천마수라대! 저들을 막는다."

"존명!"

그들이 하얀 눈을 밟으며 앞으로 움직였다. 이백여 절정마인들이 내뿜는 마기가 짙게 풍겨 나왔다.

고수들이 가장 많이 모여 있는 단일 문파인 마교.

그들 중에서 가장 고강한 절정마인들이 모여 있는 천마수라대. 오죽하면 신강에서는 천마수라대가 온다고 하면 우는 어린아이도 울음을 뚝 그친다는 말이 있을 정도였다.

최강의 단일 무력 단체인 천마수라대가 질식할 듯한 마기를 흘려대며 앞으로 나섰다.

차아아아앙.

그들의 일제히 검을 뽑자 마기가 살기와 함께 어울려 더욱 짙어졌다. 그들 중 이십여 검에서는 핏빛 검강마저 솟구쳐 올랐다.

3

적검왕은 한껏 기분이 상승했다.

기습이 제대로 먹혀들어 가고 있었다. 그리고 역천수라대를 제거하니 천마수라대가 나서고 있었다.

마교 최강의 두 조직을 각개격파로 초반에 끝낼 수 있다면 그야말로 혁혁한 전공이라 할 수 있었다. 뒤에서 몰려오고 있는 사천 연합이 마교 본진과 싸울 때 훨씬 수월해 질 터였다.

"너희들도 초전박살. 단숨에 잡는다."

적검왕은 자신이 지나치게 공력을 빠르게 소진시키고 있음을 모르지 않았다. 그러나 아직 이 정도는 여유가 있었다. 아니, 차라리 이렇게 빨리 승부를 거는 것이 현명했다.

저들을 제거하고 마교 본진의 전열이 완성되기 전에 들이칠 수 있다면 그야말로 금상첨화!

잘하면 저들은 제대로 싸워보지도 못하고 흩어질 수도 있을 터였다.

쇄애애액.

그의 검이 한 마리 새처럼 날았다.

이기어검.

갑자기 튀어나온 신기에 천마수라대주가 화들짝 놀라 허

리를 숙였다. 그는 적검왕의 칼이 자신의 머리칼을 살짝 스치는 것을 느끼며 간담이 서늘해졌다.

이런 상황에서 검을 던지는 이기어검을 펼칠 것이라고는 예상을 못했고, 또 너무나 빨랐다.

초절정 마인인 자신이 보기에 감히 막기도 힘들 정도로. 그러나 검이 뒤로 빠지는 순간 '아차!' 하는 생각이 들었다.

"피, 피해."

이미 늦었다.

"으아아악."

그의 뒤편에 있던 마인들 몇이 손쓸 사이도 없이 북망산으로 길을 떠났다. 그렇게 다섯 명을 단숨에 잠재운 적검왕의 칼은 여섯 번째 마인에 이르러서야 칼에 막혔다.

쩌엉.

불꽃이 튀었다. 그러자 검이 위로 솟구치더니 빠른 속도로 적검왕의 손에 회수되었다.

천마수라대주의 안색이 노염으로 붉으락푸르락 변했다. 찬바람에도 얼굴이 화끈거릴 지경이었다.

자신의 실수로 한 순간에 아끼는 수하 다섯을 잃은 것이다. 저 수하 다섯이면 적검왕의 뒤에 오는 정파 쓰레기들 일이백은 너끈히 처리할 정도의 고수이거늘.

망루 위에 있던 마교주가 빽 소리를 질렀다.

"이, 멍청한! 막았어야지! 그걸 피하냐?"

"죄, 죄송!"

"아! 됐으니까. 어서 싸워!"

대주는 욕설이 튀어나오려는 것을 꾹 눌러 참고는 소리를 질렀다.

"공격하라!"

"존명!"

천마수라대는 촌스럽게 함성 따위를 지르지 않는다. 개개인이 알아서 할 수 있는 수준의 고수들.

그들의 신형이 사방으로 확 퍼져나갔다. 그 빠르기가 마치 벼락같았다.

적검왕과 죽, 그리고 사천 연합의 수뇌부가 그들을 맞았다.

쩡, 쩡쩡쩡!

사방에서 불꽃이 튀었다.

물론 가장 많은 자들이 적검왕에게 집중됐다. 그의 칼에만 일곱 개의 칼이 닿았다.

지이이잉.

총 여덟 개의 칼이 비명을 질러댔다. 일곱 개의 칼이 누르는데도 밀리지 않는 적검왕. 그가 차갑게 웃었다.

“나는 적검왕이다.”

“……!”

일곱 개 칼 주인들의 신형이 부들부들 떨렸다. 그러더니 이내 적검왕이 일곱의 힘을 누르고 휘익 펼쳐졌다.

“크아아악!”

“아아악!”

피보라가 일었다.

우수수 떨어지는 혈우.

그 비를 맞으며 적검왕이 검을 그었다.

슈아아앙.

허공을 격한 검경이 허공을 두드리더니 전면의 마인들에게 덮쳤다.

쩌쩌쩌어엉.

막는다. 막는다. 그러나… 결국 무너진다.

또 다시 비명. 그리고 또 피보라.

속속 베어지는 마인들.

그 안으로 적검왕이 뛰어들었다. 그의 옆에 약간 떨어져 있던 축도 앞의 셋을 두들기다시피 때려눕히고는 따라 뛰어들었다.

“우와아아아.”

정파인들의 함성은 끝이 없었다. 그들의 수뇌부도 용기백

배해 밀리지 않았다.

청성의 검과 아미의 봉이 절정의 마인들과 대등하게 싸웠다. 그리고 그 뒤로 꾸역꾸역 정파인들이 밀고 들어왔다.

천마수라대주는 점차 힘이 부치는 것을 느꼈다.

적검왕뿐만 아니라 그 뒤에서 느껴지는 삼천의 열기가 자꾸만 심장을 오그라들게 만들었다.

그의 뒤에서 교주의 간절한 외침이 쏟아졌다.

“조그만 더 버텨라. 아아. 안 돼. 거기! 뚫리면 안 되지.”

그러나 과연 천마수라대였다.

적검왕의 칼을 교묘하게 흘려가며, 일부는 돌아 약한 수하들을 파고들려고 하는 방법을 써가며 시간을 지연시키는 데 성공했다.

마교주는 뒤돌아 본신의 상황을 보았다.

염왕대의 대주가 손을 들며 소리를 질렀다.

“본대 출진 완료! 나가 싸우겠습니다.”

염왕대주와 천마수라대주는 가장 막역한 친우사이다.

교주는 지체없이 허락했다.

“나가라!”

“존명!”

일백의 염왕대가 밀리는 천마수라대를 돕기 위해 우르르 달렸다. 교주는 점차 전열이 갖춰지고 있는 진영을 보면서 한

숨을 돌렸다.

아수라대, 흑천각, 혈신당이 전열을 마치고 앞으로 오고 있었다.

"아수라대주, 흑천각주, 혈신당주! 보고는 필요없다. 곧바로 출진하라!"

"존명!"

세 수장이 허리를 꺾으며 교주에게 답했다.

그들까지 나아가자 교주는 조금 여유를 찾을 수 있었다.

"후우. 좋다. 이제 곧 내가 본진 전부를 이끌고 나아가마."

그는 망루 위에서 몸을 훌쩍 날렸다.

그리고 천천히 바닥으로 내려섰다. 놀라운 경신술이었다. 적검왕에 대한 공포가 있어서 그렇지, 과연 그는 마교의 교주였다.

쨍쨍쨍.

적검왕의 검은 거침이 없었다. 막으면 다시 두드려 상대의 검을 완전히 부숴버렸다. 그의 눈에 안타까움이 살짝 흘렀다. 전열이 완성되기 전에 마교 본진 안으로 들어갔어야 했는데.

천마수라대는 과연 마교의 최강 조직다웠다. 자신과 축이 그렇게 많이 두들겨 구멍을 만들어냈는 데도 언제 그랬냐는 듯이 다시 허점을 메웠다. 거기에 일부는 약한 정파인들이 있는 곳으로 파고들려는 방법까지 써서 자신들의 전진을 기어코 지연시키고 말았다.

적검왕은 혼자라도 그냥 계속 전진했어야 했다고 생각했지만 이미 지난 일이었다.

"지금부터라도 뚫으면 되겠지."

뒤는 뒤에게 맡겨야 했다. 계속 뒤를 걱정하다간 죽도 밥도 안될 수도 있었다.

파파파파파팍!

그의 검이 휘둘러졌고 찔러 들어갔다. 그리고 그는 전진했다.

부우우웅.

지적에 따라붙은 축의 킬이 굉음을 일으키며 천마수라대원들의 몸에 연신 생채기를 만들었다.

그러다 어느 순간 적검왕은 적들의 틈을 발견했다. 그것은 우습게도 천마수라대와 염왕대가 합격하고 있는데 아수라대, 흑천각, 혈신당이 합류하면서 전열에 생긴 틈이었다.

적검왕은 극성의 경신술을 펼쳐 그 틈을 단숨에 파고들었다.

파파파파파아아.

그의 신형은 보이지도 않았다. 그러나 움직이는 그의 칼은 이동하면서도 열댓 명의 목숨을 빼앗았다.

그리고 멈춰선 곳.

적의 가장 후위의 등이었다.

쇄애액.

"컥!"

적검왕이 가장 후위에 있던 혈신당의 부당주 가슴을 베었다. 그리고 내력을 담아 그의 삼대 절기 중 하나인 벽해광검류를 펼쳤다.

촤아아아아아.

그의 검에서 번개와 해일이 동시에 터졌다. 가공할 기의 불꽃과 장막.

졸지에 등 뒤에서 다른 누구도 아닌 적검왕의 절기에 수십의 마인들이 비명을 지르면서 쓰러졌다.

찰나.

아주 짧은 시간 모두의 싸움이 멈췄다. 그러나 이내 마인들은 탄식을 정파인들은 함성을 내질렀다.

뒤에는 불과 한 명이라 해도 상대가 적검왕이었다.

마인들은 결국 포위가 되어버린 것이다.

잠깐 멈췄던 싸움이 속개됐다.

또 다시 펼쳐지는 벽해광검류.

마교의 최고수들이 속절없이 죽어 나갔다. 적검왕은 이쯤

되면 곧 사천 연합이 이들을 밟고 자신을 따를 것이라 판단하
고는 지체없이 돌아섰다.

불과 십여 장 거리에 있는, 목채로 세워진 이장 높이의 정
문.

적검왕의 검이 허공을 그었다.

그러자 그 거대한 문이 사선으로 쩍 갈라지더니 바닥으로
떨어져 내렸다. 희색이 만연한 청성장문인이 소리를 질렀
다.

"적검왕 어르신. 저희도 곧 따라 들어가겠습니다."

정파인들은 정말이지, 아주 오랜만에 승리의 예감을 꿈꿨
다. 늘 두려워만 하던 마교에게 자신들이 이렇게 일방적으로
밀어붙일 수 있다는 것이 믿겨지지 않을 정도였다. 그렇기에
더욱 열광하며 앞으로, 앞으로 노도치럼 움직였다.

그러나 한 명.

적검왕만은 입가에서 미소가 사라졌다.

무너진 문.

거기에 두 사내가 하품을 하며 서 있었다.

"오랜만이야, 검공."

"지금 애들 데리고 재롱 잔치하는 것도 아니고. 더 이상 못
봐주겠군."

적검왕은 갑자기 수십 년은 더 늙어 보이는 음성으로 중얼

거렸다.

"마공… 섬공……. 이곳에는 너희들이 없기를 그렇게 바랐
건만."

그들이 출현하자 갑자기 싸우고 있던 마인들이 뒤로 흩어
지며 본진을 향해 달렸다, 물론 적검왕을 우회해서.

적검왕의 옆으로 곧 축이 따라붙어서 긴장한 표정을 지었
다.

그러나 영문 모르는 사천 연합은 신나서 적검왕의 뒤로 붙
었다.

악씨세가주 악비평이 호탕하게 외쳤다.

"어르신! 놈들이 후퇴합니다. 어서 들어가시지요!"

청성 장문인이 기쁨에 찬 얼굴로 말하려다가 적검왕의 굳
은 얼굴을 보고는 입을 다물었다.

그때 마공이 걸어 나오더니 씨익 웃었다. 지독하게 잔인한
미소.

"버러지 같은 것들."

악비평이 발끈했다.

"감히! 네 놈이 누구이기에 그런 망발을 지껄이느냐?"

그 말에 뒤에서 보고 있던 섬공이 키득거리며 웃었다.

"마공! 너한테 놈이란다. 크크큭."

마공이 얼굴이 구겨지더니 손을 활짝 폈다.

부우우우웅.

그의 손에게 바람이 일더니 일진광풍이 되어 앞으로 쇄도했다.

그 순간 사천 연합 전체가 숨 막힐 듯한 압박감을 느꼈다. 그리고 아까 천마수라대 전체가 흘리던 마기보다도 몇 배 더 진한 마기를 경험했다.

콰아아아앙.

엄청난 폭음.

바닥에 있던 눈이 하늘로 치솟았다가 사방으로 흩뿌렸다.

마공의 장력이 터지는 그 자리에 적검왕이 검을 들고 있었다. 한쪽 무릎을 꿇은 채.

사천 연합 수뇌부는 찰나 상황파악을 하지 못하다가 이내 몸을 부르르 떨었다.

만약… 적검왕이 막지 않았다면, 자신들은 비명횡사했을 터였다. 그리고 뒤로 저자의 장력이 어디까지 뻗어 나가며 수하들을 희생시켰을 지 상상조차 되지 않았다.

마공이 씩 웃었다.

"과연……. 그동안 놀고 있지만은 않았군."

섬공이 말을 받았다.

"너무 쉬우면 재미없잖아."

적검왕은 한숨을 삼켰다.

한 명이었다면, 한 명이었다면 어떻게라도 해볼 수 있었을지도 모를 터인데.

그는 천천히 일어서며 정파의 수뇌부에게 말했다.

"후퇴하시오."

"예?"

수뇌부는 상대의 무공이 놀랍기는 했지만 적검왕의 입에서 나온 말이 더 놀라웠다.

그는 무림의 전설이었다.

자신들의 우상이었다. 그렇기에 그의 입에서는 그런 말이 나와서는 안 되는 것이었다.

"최대한 빨리, 그리고 멀리. 그리고 모두가 다 흩어져서!"

적검왕은 말을 마치고 앞으로 나아갔다. 자신이 입구를 막고 싸워야 했다. 그러지 않으면 마교의 본진이 쏟아져 나와 추격을 할 테니까.

그런 의도를 모르는 마공은 어처구니없다는 표정을 지었다.

"뭐야? 공격하겠다고? 호오. 적극적이 되셨군. 엇비슷한 수준한테는 받아치면서 허점을 노렸던 것으로 기억하는데."

섬공이 말했다.

"뭐, 네가 엇비슷하지 않고 밑이라 여겼나보지."

그 말에 마공의 미간이 구겨졌다.

적검왕과 마공. 둘의 신형이 동시에 땅을 박찼다.

第六章
그대들 모두 이미 영웅들이다

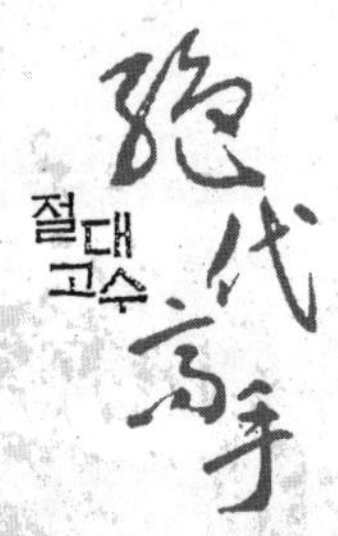

1

콰아아앙.

적검왕과 마공.

그 둘이 충돌할 때마다 대기를 뒤흔드는 격렬한 폭음이 터

졌다.

어느새 여덟 번째의 충돌.

마공의 얼굴에 마침내 여유로움이 사라졌다.

서로 한 치도 밀리지 않는 격돌.

모두가 숨을 죽였다.

태어나 처음으로 보는 인간의 무위를 초월한 진정한 무신

들의 대결이었다.

적검왕이 호흡을 가다듬으려 빽 소리를 질렀다.

"축! 뭐하는 거냐? 모두 후퇴시켜라!"

사천 연합은 적검왕의 대결에 방해되지 않게 일정 거리를 벌렸다. 그러나 물러서지 않았다.

기실 그들도 두려웠다.

적검왕만 한 초고수가 상대에 있을 것이라고는 전혀 짐작조차 못했다. 그런데 저 뒤편에 뒷짐을 지고 흥미롭게 보고 있는 또 한 명의 중년 사내도 그 못지않은 실력을 가진 자로 여겨졌다.

즉, 상대는 적검왕급의 실력자가 둘이나 된다는 의미였다.

절세고수가 둘!

적검왕의 말대로 잠시라도 빨리 후퇴해야 했다. 구경만 하고 있는 저자가 나선다면 전세는 회복불능에 빠질 터였다.

그리고 또 한 가지, 전열을 완벽히 갖춘 마교가 출전을 하려 하고 있었다.

적검왕이 없는 자신들만으로는 마인들이 득실대는 마교에게도 조족지혈이었다.

마침내 마교주의 명이 떨어졌다.

"목책을 부숴라!"

높고 길게, 그리고 견고하게 구축되었던 목책의 벽이 마인들의 장력과 칼, 도끼 등에 갈라지더니 이내 굉음을 일으키며 무너져 내렸다.

쿠우우웅!

하얀 눈가루가 흩뿌려졌다.

적검왕은 초조해졌다.

"뭣들 하는 건가? 모두 도망가라! 나는 더 이상 그대들을 도울 수 없음을 아직도 모르는가? 축! 저들의 후퇴를 도와라! 한 명이라도 더 구해야 한다!"

축은 이러지도 못하고 저러지도 못하고 울상에 빠졌다. 지켜보던 마공이 이를 갈며 적검왕에게 말했다.

"나를 상대하면서 저런 버러지들까지 걱정한다는 거야? 네 놈의 여유, 이제 더 이상 보기 싫구나."

그가 다시 앞으로 쏘아져나가려는 순간, 그의 어깨를 섬공이 잡았다.

"검공은 내가 맡지."

그의 말에 마공의 얼굴이 시뻘겋게 달아올랐다.

"섬공! 네가 나를 무시하는 거냐?"

"크크큭. 그럴 리가. 다만 너도 알다시피 우리는, 대사형을 빼고는 모두 상대적이잖아. 예를 들어 나는 유공과 염공에게 약한데 너는 그 유공과 염공을 여유롭게 상대하지. 뭐, 염공은 죽어서 예(例)로서는 좀 그런가? 어쨌든 내말이 무슨 의미인지는 알지?”

“……”

“무공의 특성이 있는 거라고. 검공 같은 자는 내가 손쉬워.”

마공은 이를 악물었다. 자존심이 상하기는 했지만 섬공은 말은 사실이었기에.

섬공이 그의 어깨를 툭툭 치며 미소 지었다.

“쉽게 가자고. 이런 식으로 싸우면 한 시진도 넘게 걸려. 너도 알잖아. 그리고… 재수없으면 네가 당할 수도 있고.”

“나는 저놈에게 지지 않아!”

“아아! 흥분하지 말라고. 그러니까 ‘재수 없으면’ 이란 단서를 달았잖아.”

마공은 본래 계산이 빨랐다. 그는 입맛을 다시며 손가락을 비비다가 약간 웅크리고 있던 어깨를 폈다.

“알았다. 네놈에게 맡기지.”

“큭. 그래. 잘 생각했다.”

“대신 영 재미없다 싶으면 내가 다시 나서겠어.”

“크크크. 그럴 리가. 내 칼솜씨와 보법 실력. 알잖아?”

“그래. 재밌게 부탁한다. 너무 시간을 끌면 합격으로 단숨에 끝낼 테니 알아서 처리하라고.”

마공이 뒤로 물러서고 섬공이 앞으로 나섰다. 섬공은 어깨를 으쓱거리며 적검왕에게 말했다.

"널 죽이기 전에 궁금한 게 있는데, 대체 염공과 철공은 어떻게 한 거지?"

적검왕은 섬공이 나서자 긴장감을 숨기지 못했다. 그러나 억지로 웃으며 대꾸했다.

"궁금하면 저승사자에게 물어봐라."

"크크큭. 그 자부심은 여전하군, 우리들한테는 하나도 통하지 않지만. 그럼 슬슬 시작해볼까?"

팟.

그의 신형이 사라졌다.

하지만 적검왕은 흔들리지 않고 검을 비껴 잡으며 옆구리 쪽으로 내리 그었다.

성! 쌩쌩쌩쨍쨍!

칼소리는 나는데 정작 검신은 보이지 않는다. 그저 검의 잔상만 수백여 개 보일 뿐.

지켜보던 청성 장문인이 침을 삼키며 중얼거렸다.

"한 번의 칼 소리에 족히 스무 번 이상의 충돌이 있음이야."

아미 장문인이 고개를 주억거리며 숨을 들이켰다. 지금 찰나의 순간 열 번 정도의 충돌 소리가 났다. 그러나 실제로는 수백 번을 부딪치고 있는 것이다.

시간의 왜곡.

너무 빠른 시간에 일어나고 있는지라 소리가 그것을 따라
가지 못하는 것이다.

아니 시간만 왜곡됐겠는가?

칼과 그것을 쥐고 있는 팔도 수십여 개로 보이니 공간도 왜
곡되고 있는 것이다. 인간의 동체시력으로 도저히 따라갈 수
없는 것이다.

그때였다. 마교주의 걸걸한 외침이 터져 나온 것은!

"자, 이제 본교의 힘을 보여줄 시간이다. 저들을 한 놈도
남기지 말고 쓸어버려라!"

"와아아아아!"

칠천에 가까운 마교도들이 거침없이 눈을 밟으며 앞으로
발을 뻗었다. 적검왕과 섬공의 대결을 방해할 생각은 전혀 없
는 듯 그곳을 중심으로 두 갈래로 퍼져 한 걸음씩 묵직하게
걸었다.

축이 사천 연합의 선두에서 외쳤다.

"당장 도망가시오!"

그러나 정작 그는 발을 앞으로 내딛었다.

사천 연합은 혼란에 빠졌다. 그들의 모든 이목이 수장들에
쏠렸다.

악비평이 당황하며 옆의 태상장로 악원술을 보자 그가 말
했다.

"너는 제자들을 이끌고 피해라."

"태상장로님은 어찌시려고요?"

악원술은 힘겹게 싸우고 있는 적검왕의 등을 보며 말했다.

"나는 살 만큼 살았다. 마지막을 저분과 함께하고 싶었다."

그 말에 악비평의 눈이 흔들리더니 이내 마음을 굳힌 듯 씩 웃었다.

"적검왕 어르신과 함께 싸울 수 있는 기회를 놓치는 우를 범하고 싶치는 않습니다."

청성 장문인도 고개를 끄덕이며 말을 받았다.

"저 역시 그렇게 생각합니다. 그리고 이대로 후퇴해 봐야 갈 곳도 없습니다."

아미 장문인도 염화시중의 미소를 지었다. 그러자 다른 중소방파의 수장들도 미소로 받았다.

"제게 단 하나의 전장이 주어진다면 그것은 단연코 적검왕님과 함께할 수 있는 곳입니다."

"동감합니다."

"물론이지요."

수뇌부 모두가 마주 보며 빙그레 웃었다. 굳이 말하지 않아도 서로가 원하는 것이 무엇인지 알 수 있었다.

악비평이 가슴을 활짝 펴고는 뒤돌아 외쳤다.

“우리 수뇌부는 여기 남아 싸운다. 함께 싸울 자 머물고, 떠날 자 당장 떠나서 우리의 장렬한 싸움을 천하에 알려라!”

짧은 정적.

청성파의 청년 도사 하나가 주먹 쥔 손을 뻗으며 외쳤다.

“싸울 것입니다.”

“우리의 시신을 밟지 않고서는, 저들은 우리의 터전으로 한 발자국도 들어서지 못할 것입니다!”

“싸울 것입니다.”

여기저기서 싸우겠다는 주먹이 솟구쳤다. 그리고 마침내 전원의 주먹이 허공으로 올라섰다.

“싸울 것입니다!”

모두의 소리가 합창이 되었고 우레가 되었다.

악비술이 감격에 절은 표정으로 그들의 환호성을 보았다. 눈물이 쏟아질 것 같았다. 그러나 지금은 울 때가 아니었다. 싸울 때였다.

그가 점차 속도를 높여 다가오는 마교도를 향해 돌아서서는 외쳤다.

“단 하나의 영웅! 적검왕 어르신께서 홀로 고군분투를 하고 계신다. 왜인가?”

수하들이 일제히 외쳤다.

“우리를 위해서입니다.”

“그렇다. 가자! 저분의 어깨에 놓인 짐을 조금이라도 나눠 드리자.”

“와아아아!”

청성 장문인도 호기롭게 외쳤다.

“마지막 인사는 하지 않겠소. 저승길에서 같이 웃으며 얘기할 시간이 넘칠 것이니. 다만, 그때 묻겠소! 그대들 얼마나 멋지게 싸웠는가를! 그대들 모두 이미 영웅들이오!”

“와아아아아아!”

청성 장문인이 앞으로 나서며 외쳤다.

“갑시다.”

정파인들 모두가 앞으로 발을 내딛었다. 그들의 얼굴에 드러난 표정. 그건 생사를 이미 버렸다는 것을 의미하고 있었다.

“우와아아아아!”

걷던 자들이 뛰기 시작했다. 그리고 마교도도 달렸다.

째째째애애앵!

마침내 기다란 전선의 모든 곳에서 칼과 칼이 부딪쳤다. 생명과 죽음이 교차하는 그 지점.

“으아아악!”

“뚫어라!”

“막아라!”

누가 뚫고 누가 막는가?

모두가 뚫으려 했고, 모두가 막으려 했다. 전열을 망가뜨리지 않으려고 모두가 악착같이 도검을 휘둘렀다.

"아아악!"

동료가 비명을 지르며 쓰러졌다. 그 자리를 다른 동료가 대신했다.

피가 튀고 눈물이 흐르고 비명이 산개했다. 그 격렬한 충돌의 한 지점에서 마교주와 축이 만났다.

쨍!

마교주의 검과 축의 도가 서로 부딪친 채 서로의 칼을 긁어댔다.

"크크큭. 애송이. 너 꽤 하더구나."

"너는 내 상대가 아니다."

축이 도를 힘껏 밀어젖히자 마교주의 신형이 뒤로 주르륵 밀려났다. 그의 얼굴에 어리는 황망함.

그때 염왕대주와 혈신당주가 그의 옆으로 다가왔다. 특히나 염왕대주는 축에 대해 이를 박박 갈고 있었다.

절친했던 천마수라대주가 바로 축에 의해 죽었기 때문이었다.

잠시 위축됐던 마교주가 마교의 오대 고수 중 둘의 도움을 받자 다시 득의양양해졌다.

“과연 적검왕의 제자. 그러나 여기까지다.”

“거기까지 가마!”

축은 두 고수가 더 끼어들었든 말든 개의치 않는다는 표정으로 육중한 몸을 앞으로 박찼다.

상체가 약간 뒤로 젖혀지는가 싶더니 그의 칼이 묵직하게 허공을 갈랐다.

부우우웅.

공기가 찢어지며 비명을 질렀다.

마교주와 염왕대주, 그리고 혈신당주의 칼도 축을 향했다.

슈가아아앗!

섬뜩한 파공성!

콰아아앙!

폭발이 일었다. 강기가 충돌하며 눈부신 섬광의 진해가 사방으로 튀었다.

“크윽.”

“으음.”

신음들이 흘러나왔다.

축은 처음으로 일곱 걸음을 미끄러지다가 한쪽 무릎을 꿇으며 멈췄다. 그의 가슴에서 핏물이 번져 나오고 있었다. 다행히 급소는 피했지만 적지 않은 부상이었다.

그러나 피해는 그보다 마교의 삼인이 더 컸다.

마교주는 머리가 헝클어진 채 불신의 눈으로 십여 걸음을 물러났다. 그리고는 잇달아 검은 피를 토해냈다. 진기가 진탕된 것이다.

혈신당주는 부러진 자신의 칼을 보며 황당한 표정을 지었다. 자신의 검은 교주가 직접 하사한, 마교의 보검 중 하나였다.

그러나 그 둘이 가장 경악한 것은 염왕대주의 처참한 모습이었다.

그는 충돌한 지점에서 목이 베어져 쓰러져 있었다. 비록 축의 가슴에 부상을 입히기는 했지만 자신은 목숨을 내준 것이었다.

축이 부복했던 무릎을 펴고 일어나 다시 앞으로 달려왔다. 덩치에 맞지 않게 바람처럼 표홀하게!

마교주가 질린 표정으로 중얼거렸다.

"괴, 괴물!"

혈신당주가 급히 마교주의 앞을 막아서며 외쳤다.

"교주님! 일단 뒤로!"

교주가 죽으면 마교는 끝이다. 다시 신강 땅으로 돌아가야 했다.

쩌어엉.

"으아아악!"

혈신당주의 비명이 터졌다.

뒷걸음질치던 마교주는 주변의 수하들에게 빽 소리를 질렀다.

"뭐하는 거냐? 저 괴물, 저놈을 먼저 죽여야 한다."

약간 뒤에 떨어져 있던 교주의 호위들이 급히 앞으로 나섰다.

강호에 나가면 한 명, 한 명이 모두 대마두라 일컬어질 만한 실력의 마인들 스무 명.

그들의 칼이 축 한 명을 향해 일제히 쏘아졌다.

슈카카카캉!

축의 도가 섬전같이 움직이며 비처럼 쏟아지는 칼들을 잇달아 막아냈다.

지독한 마기. 살기 서런 강기들.

쉬지 않고 축의 몸을 두들기는 강류와 암류의 칼바람.

그의 몸에 점차 상처가 늘어나기 시작했다.

대신 교주의 이십호위의 수는 줄기 시작했다.

"으아아악!"

마인 하나가 죽는다. 그리고 그때마다 축의 몸에 적지 않은 상처가 맺혔다.

축은 지금 살을 주고 뼈를 깎는 처절한 방법을 선택하고 있었다. 그렇지 않으면 스무 명의 초절정 마인들이 펼치는 쉬지 않는 연환 공격의 늪에서 빠져나올 수 없기 때문이었다.

슈가각!

축의 몸이 찰나 비틀거렸다. 중심축을 잡고 있던 오른발의 허벅지가 깊게 베인 탓이다. 그러나 역시 신음 소리 하나 없이 도를 가차없이 쳐 올렸다.

"커흑."

또 하나의 마인이 죽었다. 어느새 이십호위는 절반으로 줄어들어 있었다. 그러나 그들의 공격은 조금도 누그러지지 않았다. 오히려 더욱 극성에 오른 마공으로 축을 향해 짓쳐들었다.

'사부님……'

축이 속으로 적검왕을 불렀다. 외롭게 싸우고 있는 사부님 곁까지 가고 싶었다. 그런데 그것이 어려울 것만 같았다.

그때 마교주가 요화궁의 일곱 마녀들을 이끌고 왔다.

"혹 저놈이 살아난다면 너희들이 마무리를 지어라."

"호호호. 교주님의 명을 받드옵니다."

일곱 마녀 중 첫째 패월수라녀가 진득한 웃음으로 고개를 숙였다. 축의 얼굴에 내린 그늘이 점점 짙어졌다.

2

푸욱!

"큭!"

섬공이 신음을 삼키며 재빨리 환영무보(幻影舞步)를 펼쳐
적검왕의 검격에서 벗어났다. 그는 어이없다는 표정으로 방
금 자신이 찔린 왼쪽 어깨를 보았다.

"제길."

그가 이를 박박 갈며 적검왕을 노려보았다. 그가 보는 적검
왕은 어깨와 가슴 그리고 옆구리에서 피가 흘러나오고 있었
다.

뒤에 떨어져 있던 마공이 웃으며 앞으로 걸어 나왔다.

"크하하하. 방심은 금물이라니까. 검공은 받아치기의 명수
인 것을 잊었나?"

"자잘한 상처만 주다보니 나도 모르게 급해졌군."

"뭐, 이젠 슬슬 끝내야지."

합격하자는 의미다. 섬공은 이맛살을 살짝 찌푸렸다. 이대
로 가면 어차피 자신이 검공의 멱을 따는 건 시간문제였다.
그러나 아까 자신이 마공을 물렸던 것을 고려해서 제안을 받
아들였다.

그가 고개를 끄덕이자 마공이 씩 웃으며 대꾸했다.

"그럼 자넨 좌측을, 나는 우측을 맡지."

그들은 쓸데없이 치고 빠지는 합격은 거추장스러운 고수

들이었다. 그리고 앞뒤로 공격하는 것은 적검왕이 피했을 때 동료에게 위해가 갈 수 있기 때문에 불편하긴 마찬가지.

가장 부담 없는 것은 좌우로 알아서 공격하는 것이다.

적검왕은 마침내 올 것이 왔음을 깨달았다. 이젠 돌이킬 수 없었다.

최선의 수는 저들과 동귀어진.

문제는 그 확률이 아주 희박하다는 점이었다.

특히나 조금씩 공력과 체력이 떨어지고 있는 것을 확연히 느끼고 있는 지금의 상태로서는 말이었다. 역시 장군산에서의 부상에서 완벽하게 쾌차하지 못한 것이 아쉬움으로 남았다.

그러나 그것보다 더 안타까운 것은 결국 도망가지 않고 모두가 남아서 처절한 싸움을 벌이고 있는 사천 연합이었다.

수적인 차이와 무공 수위의 차이.

처음엔 기세만으로 엇비슷하게 버틸 수 있을 수는 있다. 그러나 시간이 흐르면 실력과 숫자는 거짓말을 하지 않는 법이다.

그리고… 결국 사천 연합은 눈에 띄게 궁지로 몰리고 있었다.

"부디 이곳에서의 싸움을 천하인들이 기억해주기를."

그것만이 그의 유일한 소망이었다. 자신들의 죽음이 절망이 아니라 더 격렬한 투쟁의 불꽃으로 피어오르기를 기원할 뿐이었다.

섬공과 마공의 눈빛 교환이 끝나고 그 둘이 동시에 땅을 박찼다.

슈카카캉! 퍼퍼펑!

칼과 칼! 그리고 장력과 장력!

허공을 뛰어 교차하며 공격했던 섬공과 마공이 서로의 반대 방향에서 착지했다. 둘의 입가에 어리는 잔인한 미소.

적검왕의 등이 움푹 꺼지고 허벅지가 갈라져 핏물이 하의를 적셨다.

그는 목구멍으로 올라오는 핏물을 삼키고 다시 기수식을 취했다. 고통의 표정이라고는 찾아볼 수 없는, 전혀 흔들림 없는 표정.

그 얼굴에 섬공과 마공의 표정이 일그러졌다. 그리고 그 둘이 다시 허공으로 솟구쳤다.

쩌저어엉. 펑펑!

"크윽."

꽉 다문 입술에서 터지는 신음 소리.

그건 놀랍게도 마공에 입에서 나오는 소리였다. 그의 등허리가 적검왕의 강기로 인해 손바닥 길이만큼 찢어져 있었다. 마공은 급히 혈도를 점해 지혈을 하고는 이를 갈았다.

“첫 번째는 일부러 틈을 보인 것이군.”

적검왕이 어깨를 으쓱거렸다.

“그러지 않으면 승부가 빤하니까.”

흐릿하게 미소 짓는 적검왕. 그러나 그의 안색은 침중했다. 이번에도 그의 몸에 깊은 생채기가 하나 늘은 것이다.

섬공이 휘파람을 한 번 불고는 질린 표정을 지었다.

“둘이라 너무 적당히 하려고 한 것 같군.”

마공이 고개를 끄덕이며 말을 받았다.

“그러게 말이야.”

둘의 표정이 달라졌다. 그리고 그들의 신형에서 흘러나오는 기세도 달라졌다. 마침내 그들이 진심으로 할 생각이 든 것이다.

투이할란 회전!

그 격돌이 절정을 지나 후반부로 치닫고 있었다. 그리고 바로 그때, 사천 연합이 넘어왔던 태령산의 정상에 한 인물이 모습을 드러냈다.

그는… 물론 한무루였다.

무루는 정상에서 내려다 본 대회전을 보며 침음성을 흘렸다.

서로의 전선이 엉키고 엉켜 도저히 풀 수 없는 실타래와 같았다.

그는 발을 허공으로 내딛었다.

툭. 툭툭.

아무 것도 없는데 마치 말랑말랑한 무언가를 툭툭 치듯이 그는 허공을 달렸다. 가끔 나무 꼭대기를 치기도 하면서 달린 그는 그야말로 눈 깜짝할 순간에 산 아래에 내려섰다.

아직 전장까지는 일천 장의 먼 거리가 남아 있었다.

그러나 무루에게 그 거리는 큰 의미가 없었다. 안타까운 것은 적과 아군이 엉켜있다는 것. 그뿐이었다.

결론은 오로지 그의 기감으로 마기를 흘리는 자를 상대해야 한다는 것이었다.

파앗.

그의 신형이 흐릿해지더니 사라졌다. 그리고 어느 틈에 사천 연합의 꽁무니에서 보습을 드러냈다.

그는 검을 빼려다가 생각을 바꿨다. 공력을 담은 기운은 자칫 뒤죽박죽 싸우던 정파인들에게까지 큰 상처를 입힐 수 있었다.

가뜩이나 공력이 소진한 이들에게 그건 돌이킬 수 없는 내상을 줄 수도 있는 법.

그는 품속의 피리를 꺼냈다.

맑은 비취빛을 흘리는 옥피리.

호혈약.

파앗!

그의 신형이 다시 사라졌다. 그리고 전장의 중간에서 절정의 마인이 마구잡이로 정파인들을 도륙하던 그 앞에 모습을 드러냈다.

갑자기 드러난 그의 모습에 정파인마저 눈을 부릅떴다. 한창 싸우고 있는데 앞에 나타난 정체불명의 청년.

절정의 마인이 눈을 껌뻑거리며 인상을 긁었다.

"넌 뭐야?"

지금껏 그래왔듯이 그의 낭아추가 거침없이 무루를 향해 쇄도했다.

콰직.

그의 미간에 호혈약이 박혔다.

무루의 싸움은 그곳에서부터였다.

그가 선택한 곳은 전열이 완전히 붕괴되어 마교도들이 거침없이 파고들어온 중앙전선.

무루가 고꾸라지는 낭아추 주인의 머리를 밟고 몸을 띄웠다. 그곳에서도 정파와 마교도가 엉켜 싸우고 있었다.

파파파파팟.

수십여 개의 강기가 호혈약에서 뿜어져 나왔다. 그리고 그 강기들은 어김없이 마교도들의 미간에 박혔다.

한 명!

단 한 명도 무루의 강기에서 벗어나지 못했다.

파라라라.

장삼을 펄럭거리며 내려앉은 무루.

그는 단숨에 이십여 걸음을 앞으로 이동했다. 그곳부터는 대개가 마교도였다.

슈가가가각!

피리에서 검기가 뿜어져 나와 전면을 덮쳤다.

"으아아아악!"

처음으로 비명을 지르는 이들이 나왔다. 그렇게 또 열다섯의 마인이 북망산으로 길을 떠났다.

콰직. 퍽퍽퍽.

정파인들과 엉켜 싸우는 자들은 무루가 스쳐 지나가며 호혈약으로 마치 가볍게 두들기듯이 때렸다. 그러나 얻어맞은 마인은 호혈약이 두들긴 곳이 펑하고 터져나가며 즉사했다.

아주 짧은 순간,

마교도의 중앙 최전선에서 싸우던 절정 마인들 백여 명이 쓰러졌다.

그러나 무루는 멈출 생각을 하지 않았다. 계속 앞으로 움직였다.

마교의 두 장로에게 협공을 당해 목숨을 잃으려던 아미 장문인이 절망의 탄식을 내뱉는 순간 무루가 그 사이로 들어섰다.

슈카칵!

"컥!"

"헉!"

두 장로가 헛바람을 토해내며 나자빠졌다.

아미 장문인 보현신니가 경악해 그의 정체를 확인하려는 순간, 이미 그는 삼장여 떨어진 곳에서 마교의 또 다른 장로 하나의 턱을 날려버렸다.

"마, 맙소사!"

보현신니는 자신도 모르게 입을 쩍 벌리고 눈을 부릅떴다. 그제야 중앙의 정파인들도 술렁이며 외치는 사람이 나오기 시작했다.

"대, 대체 저 청년은 누구입니까?"

물은들 대답해 줄 수 있는 사람이 없었다. 그리고 무루는 그딴 거 대답할 시간에 한 걸음 더 움직이는 것에 주력하고 있었다.

쇄애액. 콰직!

"으아아악!"

그가 움직이는 곳에 비명이 있었고, 마인의 죽음이 있었다. 그러던 한순간 마교의 별동대 백여 명이 들이닥쳤다.

전선에 이상균열이 생기자 지체없이 파고든 것이다.

그들이 뛰고 날아서 무루에게 득달같이 달려들었다.

무루는 앞으로 걷던 속도를 멈추지 않고 호혈약을 힘차게 내리그었다.

부우우웅.

공기가 한 차례 파도를 탄다 싶었다. 그 파도가 태산이 되어 그들을 휩쓸었다.

"으아아아악!"

동시에 터져 나오는 단말마!

그리고… 끝이었다.

무루가 다시 앞으로 움직였다. 마교의 별동대가 사라짐으로써 텅 빈 공간을 단숨에 이동했다.

그의 등을 바라보는 중앙지역의 정파인들은 격전의 와중인 것도 잊고 충격에 빠져버렸다.

그래도 수장은 달랐다.

보현신니는 낯선 청년의 정체를 알 수는 없었지만 적어도 두 가지는 알 수 있었다.

그는 우리 편이라는 것!

그리고 그는 자신이 보아온, 알고 있는 그 어느 누구보다도 강하다는 것!

아직 정확한 무위를 알 수는 없었지만… 어쩌면 적검왕보다 더 강할지도 몰랐다.

“어쨌든 하늘이 우리를 버리지 않으심인가?”

그녀는 무루의 등과 하늘을 짧게 일별하고는 즉각 수하들에게 명을 내렸다.

“동료를 도웁시다. 좌우측을 도와야합니다.”

그의 말에 사람들이 정신을 퍼뜩 차렸다. 보현신니의 말이 이어졌다.

“저 청년은… 우리를 도와주러 오신 분입니다. 중앙은 저분에게 맡기면 됩니다.”

사실 무루가 자신들을 돕고 있다는 것은 누구나 다 눈치챘다. 그러나 이렇게 무림명숙의 소리로 확인하는 의미는 남달랐다.

“와아아아아!”

초반의 잠시를 제외하고는 사그라졌던 함성이 다시 솟구쳤다.

3

축은 한계에 다다랐음을 느꼈다. 만약 악비평과 악원술이 도와주지 않았다면 벌써 목숨을 잃었을 터였다.

그러나 여기까지라고 생각했다.

스물 호위를 모두 해치웠다. 그러나 결국 그는 공력을 다

소진하고 말았다. 그 상황에서 마주친 일곱 마녀는 더욱 고강한 무공으로 달려들었다.

그녀들의 연검이 마지막 숨통을 끊겠다는 듯이 축과 악비평 그리고 악원술을 향해 쏘아져 들어왔다. 악비평과 악원술은 마지막 힘을 쥐어짜내며 그들의 칼을 들어올렸다.

쩌어어어엉.

일곱 개의 연검이 하나의 검강에 막혔다.

마녀들 모두가 눈을 부릅뜨고 그 검강의 주인을 보았다. 그리고 그녀들은 불신의 표정을 지었다.

무려 칠척 가깝게 뻗어나온 어마어마한 길이의 검강도 그렇지만 그 검강이 실제는 검강이 아니라는 것이었다.

피리에서 검강이 솟구친 것이다.

그리고 이 무지막지한 신기를 보여준 지가 새파란 청년이라는 점이었다.

요화궁의 일곱 마녀 중 첫째인 패월수라녀가 앙칼진 어조로 물었다.

"넌 누구냐?"

피식.

무루의 입가에 어리는 흐릿한 미소.

그리고 호혈약이 움직였다. 그에 따라 칠 척의 검강이 따랐다.

파앗.

그건 하나의 벽력!

일곱 마녀가 눈을 부릅뜬 채 고개를 축 늘어뜨렸다.

모두의 허리가 갈라져 있었다.

단숨에 일곱을 동강 내버린 것이다.

악비평과 악원술의 눈이 태어나 가장 커졌다.

"대, 대체 이 무슨……."

악원술이 슬쩍 뒤를 보았다가 말문을 잃었다. 자신들은 정
신없이 싸우느라 몰랐다. 그런데 그들 뒤로 마교도들 수백의
시신이 널브러져 있었다.

그 자리엔 정파인들이 한 명도 없었다. 즉, 이 청년이 이 모
두를 제거하고 왔다는 의미였다.

악비평도 그것을 확인하고는 몸에 소름이 돋았다. 대체 무
슨 일이 있었던 것인가? 무슨 일이 일어나고 있는 것인가?

짐작할 수 있었다.

하지만… 그것을 믿는다는 것이 쉽지 않았다.

축이 천천히 숨을 내쉬며 무루를 보며 웃었다.

"여기까지 와 주셨군요."

"죽지는 않겠소."

"호호호. 제 사부님을."

무루는 고개를 끄덕이고 다시 앞으로 거닐었다.

그가 등지고 앞으로 향하자 악비평이 급히 축에게 물었다.

"저 청년은 누구인가?"

축이 배를 움켜잡고 행복한 미소를 지었다.

"우리가 이겼습니다."

"……!"

악비평과 악원술은 이미 진이 빠져 있는지라 싸움에 합류할 수 있는 상태가 아니었다. 그래서 그냥 축의 옆에 앉아버렸다.

혹시나 축을 노리는 놈이 있다면 막아줄 요량이었다. 방금 전 쥐어짜던 그 마지막 힘으로 말이다.

악비평은 다시 축에게 청년의 정체에 대해 물어볼까 하다가 관뒀다. 축이 그의 등을 바라보는 표정에 담긴 행복한 미소. 그 미소를 어쩐지 깨기가 미안해서였다.

"제길 내가 직접 보면 되지."

악비평과 악원술의 눈도 축처럼 무루의 등에 고정됐다. 그리고 시간이 지나면서 그 둘은 석상이 되어갔다.

간간히 말을 내뱉지 않았다면 그들은 정말 사람들이 석상으로 여겼을 지도 모르게 무루의 등만 보고 있었던 것이다.

"저건… 말도 안 돼."

"으으음,"

"세상에!"

"으으음."

"허억!"

"헉!

감탄사 위주로 그 둘의 대화 아닌 대화가 한동안 이어졌다.

마교주는 뒤로, 뒤로 물러났다. 갑자기, 정말로 하늘에서 뚝 떨어진 것처럼 나타난 괴청년.

저 멀리서 보인다 싶었다. 그런데 무수한 수하들을 한순간에 해치우고 요화궁의 일곱 마녀를 말도 안 되게 정리해 버렸다.

그리고는 또다시 앞으로 이동하는 그.

하필 그곳엔 마교주가 있었다. 그는 질겁해 뒤에 대기하고 있는 수하들을 계속 그에게 보냈다.

그러나 보내는 족족 황천길을 떠났다.

이건 뭐 암기도 소용없고, 독도 의미 없었다. 집단을 보내면 통째로 날려버리고 고수들의 합격은 요화궁 일곱 마녀처럼 한 칼에 모두 정리했다.

그는 정말이지, 저런 괴물은 머리털 나고 처음 봤다. 당최 그의 근처엔 접근조차 할 수가 없었다. 모두가 삼장 밖에서 절명했다.

부들부들.

계속해서 뒤로 도망가는 그의 전신이 거칠게 떨렸다. 손목에서 시작한 소름이 몸 전체로 퍼져 나간 지 오래.

그는 아무리 많은 수하를 동원해도 저 괴물을 상대할 수 없다는 것을 직감했다. 자신도 저자에겐 다른 수하들과 마찬가지로 일초지적이라는 것을 모르지 않았다.

예전 적검왕을 광원편에서 보았을 때도 이 정도는 아니었다.

그는 달리며 소리를 질렀다.

"섬공! 마공! 도와주십시오!"

그는 죽자 살자 그곳으로 달렸다. 살 수 있는 유일한 장소는 오로지 그곳뿐이었다.

한편 혈인이 된 채 서 있는 적검왕을 보며 질긴 놈이라 욕하던 섬공과 마공은 마교주의 구조 외침에 오만상을 찌푸렸다.

가뜩이나 쓰러지지 않고 버티는 적검왕을 보며 자존심이 상해 화가 나 있는 상태였건만!

그러나 그 둘은 마교주의 뒤를 따라오는 청년과 그 주변을 보고는 얼굴을 굳혔다.

다가오는 청년의 뒤로 셀 수도 없이 무수하게 쓰러진 마교도들. 그리고 청년과 최대한 떨어지기 위해 사방으로 흩어지는 마교도들. 또한 추레하게 도망 오며 살려달라는 마교주.

섬공의 눈이 빛났다.

"저건 또 뭐지?"

"이런 우리가 적검왕에게 아주 집중하고 있었나보군. 저런 일이 벌어지고 있는 지도 몰랐다니."

그 순간 적검왕이 뒤를 흘낏 봤다가 광소를 터뜨렸다.

"으하하하. 으하하하하."

그의 앙천대소에 섬공과 마공이 눈살을 찌푸렸다. 마공이 물었다.

"아는 청년인가 보군."

혈인이 된 적검왕은 고개를 끄덕거리면서도 웃음을 멈추지 않았다. 어찌나 웃어대는지 눈물까지 흘릴 지경이었다. 그 모습에 섬공과 마공의 표정이 더욱 묘하게 변했다.

그 사이에 마교주가 섬공의 곁으로 다가왔다.

"서, 섬공! 괴물입니다. 괴물!"

섬공은 마교주의 손목과 목에 피어난 소름을 보고는 눈을 가늘게 떴다.

현 마교주가 좀 채신머리가 없는 편이긴 했다. 그러나 그는 금강불괴를 이룩한 초고수였다. 그런 자가 몸에 소름이 돋다니!

어느새 싸움이 멈춰 있었다.

하긴 마교주가 그렇게 도와달라고 외치며 도망을 치니 마교도가 싸움을 제대로 할 수나 있겠는가?

마교도가 물러서자 지친 정파인들도 한 걸음 물러서 전열을 가다듬고 있는 상황이었다.

그 모두의 시선이 한 곳으로 몰렸다.

그리고 어느 틈에 무루가 적검왕에게 다가들었다.

마공이 눈살을 찌푸리며 나서려는 것을 섬공이 고개를 저으며 막았다.

조금 더 지켜보자는 것이었다.

무루가 여전히 웃고 있는 적검왕에게 말했다.

"심하셨습니다, 어르신. 이리 빨리 움직이다니요."

"허허허. 허허. 미안하네. 하지만 난 자네가 올 것이라고는 생각 못했다네. 정말이네."

"뒷심을 다 서에 벼님기려는 술책을 제가 모를 줄 입니까?"

"그건……."

"분명히 말씀드리지만 저는 귀찮은 건 딱 질색입니다."

적검왕은 미안한 표정을 지으며 멋쩍게 웃었다. 그가 격동에 차 무루를 안으려다가 신형을 비틀거렸다.

"허어. 이런. 자네를 보니 긴장이 풀렸나보네."

"휴우. 정말이지……. 저기 축 있는 곳으로 가서 쉬고 계십시오."

"음······. 그럼 미안하지만 뒤를 부탁하겠네. 장군산에서
그때 입은 부상이 조금 응어리가 남아 있던 것 같아서 말이
지."

적검왕의 말에 무루가 고개를 절레절레 흔들었다. 적검왕
이 돌아서다가 문득 생각났다는 듯이 고개를 돌렸다.

"그러고 보니 아까 염공과 철공에 대해 나에게 물었던가?"

섬공과 마공의 표정이 급변했다. 섬공의 입술이 열렸다.

"설마… 그 둘이… 저 애송이에게 당했다는 말을 하려는
건 아니겠지?"

적검왕이 어깨를 으쓱거리다가 등이 결리는 지 인상을 썼
다. 그러나 곧 미소를 지으며 말했다.

"직접 물어보게."

그리고는 축을 향해 발을 내딛었다. 뒷짐까지 지고 아주 여
유로운 표정으로.

그 거만한 표정에 마공이 화를 삭이지 못하고 손을 뻗었다.
그의 손바닥에서 이는 작은 검은 바람. 그리고 펼쳐나가며 거
대한 회오리를 일으키는 가공할 장력.

무루가 혀를 차며 말했다.

"상대의 등에다 공격이라니. 쯧쯧."

무루의 손이 허공을 휘이 저었다. 그러자 그 손에서 미풍이
일어 마공의 검은 기류 장력을 막아섰다.

마공의 입가에 어리는 조소.

그러나 곧 그의 비아냥은 경악으로 바뀌었다. 자신의 장력을 삼키며 거침없이 파고드는 정체불명의 바람.

"이이……."

그는 연신 장력을 쏟아냈다. 그러나 미풍은 꺼지지 않고 점점 더 거대한 힘으로 화해 마공을 삼켰다.

퍼어엉.

마공의 전신에서 폭음이 터졌다.

그 순간 분지에 있는 모든 이들이 말문을 잃었다.

그 엄청났던 괴물 같은 고수, 마공.

적검왕과 대등한 어마어마한 고수.

그의 몸이 청년의 손짓 한 번에 갈가리 찢어져 허공에 흩날렸다.

섬공의 몸이 비틀거렸다.

"당최 이건……."

무루가 그를 보고 물었다.

"공격할 텐가? 아니면 내가 공격할까?"

"……."

"우리 어르신을 꽤 괴롭힌 것 같은데 그냥 살려달라고 하진 않겠지? 그러기엔 당신도 염치가 없을 테니까. 물론 스스로 단전을 폐하고 손목을 자른다면 용서해 줄 수도 있다."

그 말에 섬공의 눈이 빛났다.

단전 폐쇄나 손목.

빙공이자주 들먹거리던 대사다.

"설마 빙공도?"

"내가 붙잡아뒀지."

"……."

"아. 실수로 고환을 터뜨렸어. 미안하고 민망한 일이지."

섬공은 이를 악물었다. 그로 인해 생겨난 턱 선의 균열이 얼굴 전체로 퍼져 나갔다. 자신도 잡히면 고자 신세가 되는 건가?

"공격하지."

"좋도록!"

무루가 말이 떨어지기도 전에 섬공의 신형이 갑자기 사라졌다.

퍼억!

"끄어어억."

섬공이 개거품을 물고 무루의 앞에서 부들부들 떨었다. 무루가 걷어찼던 발을 내려놓으며 중얼거렸다.

"이거… 왠지 중독되겠는걸."

"끄으윽. 변태 같은… 놈."

"이봐 말은 바로 하자고. 너도 빙공처럼 내 목이나 심장을

노린 거고, 난 정면으로 들어온 너의 가장 큰 허점을 향해 몸
이 스스로 반응했을 뿐이야."

"끄으윽."

"진심이야."

"……."

"네 처분은 적검왕 어르신께 맡기지."

빠각!

호혈약으로 그의 머리를 두들기자 섬공은 픽 쓰러졌다.

무루는 쓰러진 섬공을 지나 망연자실한 마교주를 보고는
손짓을 했다.

"이리 와보시오."

"그냥 거기서 말씀하셔도 되는데."

무루는 어이가 없어 실소가 흘러나왔다. 물론 지켜보는 모
든 마교도나 정파인들은 웃지 않았다.

진심으로 그들은 마교주의 심정이 이해가 갔다.

"그래도 명색이 마교의 수장인데 아까부터 너무 체면머리
가 없는 것 아니오?"

"제가 죽으면 본교는 권력쟁탈전에 빠집니다. 아직 후계자
를 정하지 않은 상태라."

"내가 그런 것까지 신경 써야 하오?"

"아니, 그냥 참고하시라고."

비굴한 표정을 짓는 그를 보다가 무루가 결정을 내렸다.

"이렇게 합시다. 나 역시 여기 있는 그대들 모두를 죽이는 건 껄끄럽소."

마교주가 반색했다.

"어, 어떤 묘책이라도?"

"오늘 본 일에 대해 절대 함구할 것! 노야, 오인원탁과의 관계를 완전히 끊을 것!"

"진즉 끊지 못한 것이 원통할 뿐입니다. 저는 싫다고 하는데 그들이 억지로 하라고 강요해서, 떠밀려 나왔을 뿐입니다."

무루는 기가 찼다. 자신이 들은 역대 마교의 교주 중 저런 인물이 있었을까?

하긴 뭐 저런 인물 한 명 정도 있을 수 있다고 치면 별문제 아니지만 너무 삶에 대한 욕구가 강했다. 그러나 그런 자일수록 힘 앞에 겸손해진다.

그는 자신이 살아 있는 이상 결코 강호정벌을 꿈꾸지 않을 것이었다.

"둘째!"

"또 있습니까?"

"죽고 싶소?"

"……"

"당신이 저지른 업보. 곤륜파에 대해 보상을 해야 할 것이오. 곤륜의 살아남은 제자들을 찾아가 백배사죄하고 그들을 향해 재정적, 도의적 지원을 아끼지 말아야하오."

"하겠습니다."

"지켜보겠소. 얼마나 진심으로 하는지. 안 그러면 내가 마교를 찾아갈 것이오."

"저희가 좀 멉니다. 그러니 안 오셔도 됩니다. 저희가 잘 알아서 곤륜을 팍팍 밀 것입니다."

"일 년 뒤! 나는 곤륜파를 찾아가 마교에 대해 어떻게 생각하나 물을 생각이오."

마교주의 얼굴이 새파래졌다. 겨우 일 년 동안 곤륜의 도사들이 원수인 자신들을 바라보는 것을 완전히 바꿔 놓아야 한다는 말이다.

그야말로 지극정성으로 곤륜을 모셔야 한다는 말과 다름없었다.

불가능에 가까운 일이었다.

그러나… 거절할 수 없었다. 거절하면 자신도 죽지만 여기 있는 수하들도 다 죽을 터였다.

즉, 천년을 넘게 이어온 마교가 자신의 대에서 사실상 끝난다는 의미였다.

마교주는 억지로 미소를 지으며 고개를 주억거렸다.

"알겠습니다. 그런데 일 년은 너무 박하지 않은지."

"한 번만 더 물으면 반년으로 하겠소."

"아니, 일 년이 딱 좋습니다."

"돌아가시오."

"감사합니다."

마교주는 정중하게 읍을 하고는 후퇴령을 내렸다. 그의 말에 마교도들은 조용히 명을 따랐다.

물러나는 마교도들 중 교주가 비굴했다고 생각하는 사람은 아무도 없었다.

그들은 그 어느 누구보다도 마공과 섬공의 무서움을 잘 알고 있었다. 그들의 어마어마한 무위를 보면서 절망을 느낀 적이 한두 번이 아니었다.

너무나 강해 대적할 수가 없었고, 그래서 마교는 사실상 그들의 일개 하부 조직으로 전락해버렸던 것이다.

그런 그 둘을 저자가 어떻게 했는지 자신들이 지켜본 이상 그 누구도 교주를 탓하지 않았다.

아니, 마교도들은 이번 일로 자신들이 독립을 찾았다고 생각하기까지 했다. 적어도 저 청년, 가히 절대고수라는 칭호가 아깝지 않은 그는 자신들에게 영향력을 행사할 생각이 전혀 없는 것 같았다.

그것만으로도 이번 교주는 아주 엄청난 전공을 세운 것이다. 마교의 독립을 획득한 장본인인 것이었다.

마교가 어느 정도 이상 거리를 벌이며 멀어지자 사천 연합은 모두 무루를 주시했다.

그들 모두는 아직도 얼떨떨했다. 승리했으나 환호할 정신도 없었다. 악비평이 벌떡 일어서 외쳤다.

"대협은 대체 누구시오?"

그의 말이 기점이 되어 사방에서 무루를 향한 질문이 쏟아졌다.

"누구십니까?"

"어느 사문의 분이십니까?"

무루는 난감해져 머리를 긁적이다가 적검왕에게 향했다. 그리고 그를 향해 씩 웃었다.

영문을 알 수 없는 적검자가 눈짓으로 왜 그러냐고 묻자 무루가 군중을 향해 외쳤다.

"나는… 적검왕님의 제자입니다."

적검왕과 축의 눈이 찢어질 듯이 커졌다. 가까이에 있던 악비평과 악원술 그리고 아미 장문인은 청년이 거짓을 말하고 있는 것을 눈치챘다.

어쨌든 그의 말에 사천 연합 전체가 일제히 손을 번쩍 쳐들며 환호성을 질렀다.

"와아아아아!"

천지가 떠나가는 함성!

그들은 마침내 승리의 찬가를 부르짖었다.

적검왕이 대체 왜 그러냐고 전음으로 묻자 무루가 구위영 때문임을 밝혔다.

"끄응. 그럼 지금 진실을 밝힐 수는 없겠군."

"무덤까지 가져가십시오. 저는 귀찮은 건 딱 질색이니까요."

"흐흐흐. 그건 나 또한 마찬가지네. 나는 반드시 이 사실을 천하에 알리고 말 것이네. 자네가 내 제자가 아닐뿐더러, 나 적검왕이 인정한 진정한 절대고수라는 것을 말일세! 허허허."

적검왕의 음성에는 단단한 고집과 함께 유들유들한 장난기가 어렸다.

"대체 저한테 무슨 억하심정이라도 있으십니까?"

"물이 고이면 썩는 법이네. 자네 같이 욕심 없는 인재들이 끊임없이 나와야 강호가 발전하지. 또한 자네의 존재는 유례없는 강호의 평화를 이룩할 것이네."

"어쨌든 전 싫습니다."

"영웅이 시대를 만드는 줄 아는가? 시대가 영웅을 만드는 것이네."

무루는 말로는 당할 수 없다는 듯이 눈살을 찌푸렸다가 화제를 돌렸다.

"언제까지 사천에 계실 겁니까?"

"허허허. 사천에 있는 사악련도들의 거점을 싹쓸이할 때까지."

"겨울 안에 끝나겠군요."

적검왕의 성격상 속전속결을 선택할 것이다. 지금 잘 조직된 사천 연합을 굳이 헤쳤다가 다시 모으는 짓은 시간낭비가 아닌가?

"허허허. 그래서 말인데… 부탁이 있네."

"……?"

"내상을 좀 입었네. 자네의 그 놀라운 능력으로 한 번 더 치료 좀 해주면 안 되겠나?"

축이 불쑥 끼어들었다.

"저도 좀 부탁드리겠습니다."

무루는 쓴웃음을 머금으며 고개를 끄덕였다. 그들의 대화를 사천 연합의 수뇌부는 열심히 경청했다.

특히나 적검왕이 그를 가리켜 절대고수란 호칭한 부분에서는 속으로 경악했다. 절대란 말은 존재하지 않는다는 확고부동한 가치관을 가지고 있던 적검왕의 변화가 놀라웠다.

그러나 그들은 모두 수긍을 하며 고개를 주억거렸다.

자신들이 본 청년의 무위.

그것이 절대가 아니라면 무엇을 절대라 할 수 있겠는가? 솔직히 자신들은 눈으로 보고 있으면서도 저 청년이 인간이라는 것이 여전히 믿겨지지 않고 있는데 말이다.

사천 연합이 지르는 함성은 여전히 계속 울려 퍼지고 있었다. 아니, 더욱 거세지고 있었다.

第七章
빌어먹을! 그걸 왜 이제 말해?

절대고수
絶代高手

1

기전자로 행세하는 구위영은 요 이틀긴 따분했다. 귀찮을
정도로 치근덕거리던 책사가 정신없이 바쁜 탓이었다.

구위영은 그것을 오인원탁회의 모임을 대비하는 것이라
단순하게 여겼다.

그리고 마침내 모임이 있기 이틀 전, 책사가 차나 함께 나
누자고 그를 불렀다.

"많이 바쁘셨나봅니다."

구위영이 웃으며 다탁의 맞은편에 앉자 책사가 고소를 머
금었다.

“말도 마시오. 갑자기 일정이 바뀌고, 위에서 갑자기 엄청난 정보를 요구하는 바람에 정신이 하나도 없었소.”

구위영의 미간이 살짝 좁혀졌다.

“일정이 바뀌다니요?”

“하하하. 그 말을 해주려고 부른 게 아니겠소.”

구위영은 까닭 모를 불안감을 느꼈다.

혹시 자신의 정체가 들통이 난 것은 아닐까? 그러나 자신의 잔에 찻물을 따르는 책사의 표정으로 볼 때 그런 것은 아닌 것 같았다.

“가뜩이나 지금 강서 땅에 봉황문주와 무림맹주, 그리고 남궁가주가 우리의 골머리를 아프게 하고 있소이다. 원, 어디에 그런 힘을 숨겨두었던 것인지.”

“무슨?”

“아! 뭐 그건 중요한 게 아니외다. 더 중요한 건 윗선의 심경변화지. 호혈약을 찾는 데 비상이 걸렸소.”

“전에 말씀하신 고금사대병기라는…….”

“그렇소. 천하일통이 먼저라 할 때는 언제고 갑자기 왜 그러시는지. 어쨌거나 이번 오인원탁과의 회합은 물 건너갔소. 이게 그대를 부른 이유외다.”

“……!”

“하하하. 꽤나 놀란 표정이오. 하긴 그대가 꽤나 준비를 많이 했는데. 나도 정말 아쉽게 생각하오. 하지만 뭐 기회는 다음에 잡으면 되는 거 아니겠소?"

구위영은 마시는 차의 맛이 썼다. 찻잔을 내려놓은 그는 이유를 물었다. 책사가 차를 홀짝이며 심드렁하게 대꾸했다.

"말하지 않았소? 호혈약을 찾는 게 가장 우선순위가 되었다고."

"그런데 그 오랫동안 못 찾은 것을 갑자기 찾을 수 있겠습니까?"

그 말에 책사가 킥킥대며 웃다가 말했다.

"윗분들이 찾으려 하면 진즉 찾았지요. 잘 알 수 없지만 그들은 열심히 찾는 척만 했소. 멍청한 오인원탁은 몰랐겠지만 난 그걸 이미 예전에 감지했지. 하지만 그것을 입 밖으로 내는 순간 나는 죽는다는 섯도 알았소."

"너무 어렵군요."

"그게 정치라는 것 아니겠소. 어쨌든 윗선의 심경에 뭔가 큰 변화가 있었고 이제는 정말로 호혈약이 필요해진 것이외다."

"그럼 그 호혈약은 언제쯤 찾을 수 있을 것 같습니까?"

구위영의 말에 책사가 한숨을 내쉬었다.

"그게 참 애매모호한 질문이외다. 진설이라는 계집이 그것을 가지고 있었는데, 그 계집이 안의 땅으로 들어갔었소. 안의 땅. 자네도 알다시피 그곳에는 흑룡문이 있던 곳이오.”

구위영은 얼굴 표정이 변하지 않게 하기 위해 부단히 애를 썼다. 찻잔을 들어 일부러 얼굴의 일부를 가렸다.

“그 안의에서 계집과 호혈약이 사라졌소. 우리는 일단 흑룡문주가 계집을 죽이고 그것을 취한 것으로 생각했었소. 그런데 갑자기 흑룡문주가 죽어버리는 일이 발생했잖소?”

“그렇지요.”

찻잔을 내려놓는 구위영의 손이 미세하게 떨렸다. 불길한 예감이 점점 커지고 있었다.

책사는 귀밑머리를 긁적거리며 말을 이었다.

“그날 이후로 호혈약의 행방이 묘연하게 되어버렸소.”

“그러면 앞으로는 어떻게?”

“별수 있소? 바로 그 지점부터 다시 시작해야지. 안의 땅 말이외다.”

“……”

“그래서 흑룡문주를 멸문시켰던 오인원탁의 일인인 중천궁의 홍월 궁주가 그곳으로 가게 된 거요. 그리고 노야의 직전제자이신 비공과 유공이 안의에 가게 됐는데, 원래 그분들에게 줄 서려고 애를 쓰던 오인원탁의 두 노인도 덩달아 안의로 갔소. 저도 운풍각을 파견했고. 그래서 이번 모임이 무산된 것이외다.”

구위영은 심장이 거칠게 박동 쳤다. 지금 무루 형님은 오십 일간의 장정에 바쁠 것이다. 유라 역시 마찬가지일 터이고.

텅 빈 안의.

구위영은 현기증을 느꼈다. 장원을 둘러친 자신의 진을 믿는다지만 상대들이 너무 강력했다. 얼마나 버틸 수 있을 지. 무루 형님이 장원이 위급한 것을 알고 회군할 때까지 버틸 수 있을까?

그의 뇌리에 진설의 얼굴이 떠올랐다. 그것만으로도 숨이 막힐 것 같았다.

'침착하자. 침착해! 이들은 분명 멸문한 흑룡문을 중심으로 조사를 펼칠 거야.'

책사가 구위영의 안색을 보고는 걱정스러운 듯이 물었다.

"기천자. 안색이 창백해 보이는구려. 어디 몸이 안 좋소?"

"아! 차를 마시다가 실수로 혀를 좀 깨물어서."

"하하하. 나도 종종 그런 실수를 하지요."

책사는 너털웃음을 터뜨리다가 다시 진중한 표정으로 돌아왔다.

"그리고 말이외다. 내가 기천자 그대를 부른 또 하나의 이유는 암독왕 있지 않소?"

구위영은 심장이 덜컥 떨어졌다. 하지만 억지미소를 지으며 대꾸했다.

“예. 조금만 공을 더 들이면 넘어올 것 같습니다만.”

“포기해야 할 것 같소이다.”

구위영이 찻잔을 쥐고 있는 손에 힘이 들어갔다.

“무슨 말씀이신지?”

“그자와 마붕권이 돈을 보고 청송장원에 몸을 의탁하기 전에 흑룡문에 있지 않았소?”

“그렇지요. 하지만……”

“아아. 나도 알아요, 암독왕은 아까운 인재라는 것을. 그러나 이번 호혈약을 찾는 문제는 단순한 것이 아니외다. 그 무엇보다 시급을 다투는 일이예요. 암독왕이나 마붕권은 흑룡문에서 핵심장로였던 자. 분명 뭔가를 알고 있을 수도 있어요.”

“그렇다면… 청송장원을……”

책사가 고개를 주억거렸다.

“예. 그자를 잡아 고문을 하면 뭔가 단서가 나올 수도 있겠지요.”

“……!”

구위영의 얼굴에서 핏기가 사라져 가고 있었다. 아직 그의 얼굴을 보지 못한 책사는 말을 계속 이어나갔다.

“나는 예전부터 그곳이 마음에 들지 않았어요. 한무루라는 자의 정체도 솔직히 아직도 이상하게 껄끄럽고. 차라리 잘 된

거지요. 장원의 놈들을 다 죽여 버리면 간단한 것을. 뭐. 암독
왕은 조금 아쉽긴 하지만 미련을 버리세요. 물 건너 간 거니
까.”

쨍그랑!

구위영이 쥐고 있던 찻잔이 깨져나갔다. 책사가 화들짝 놀
라 구위영의 얼굴을 정면으로 보았다가 숨을 들이켰다.

지독한 살기.

구위영은 책사를 이글이글거리는 눈으로 쏘아보며 말했
다.

“이 개자식아! 그런 얘기는 먼저 나에게 말했어야지!”

“기, 기천자. 갑자기 왜?”

“뭐? 다 죽여 버리면 간단해? 그래. 죽여주마. 천하인들의
목숨을 가지고 상난치는 네놈의 목숨부디!”

구위영이 벼락처럼 다탁을 넘어와 책사의 멱을 움켜잡았
다.

“커컥! 미, 미쳤소?”

“미쳤냐고? 빌어먹을! 미친 것은 내가 아니라 네놈들이란
것을 아직도 모른단 말이냐? 이 거지 발싸개 같은 놈아.”

그의 주먹이 책사의 얼굴 중앙을 강타했다.

퍽! 퍽퍽퍽! 퍽퍽퍽!

쉬지 않고 쏟아내는 뭇매질.

책사는 비명을 지르며 피투성이가 되어갔다. 그러나 아무도 달려오는 수하가 없었다.

평소에 워낙 의심이 많은 책사인지라 군사전 안에 시비와 최측근인 운풍각주를 제외하고는 아무도 허락 없이는 들지 못하게 했던 것이다.

운풍각주는 안의로 떠났다. 물론 시비는 남았다. 그 시비는 책사의 비명을 들으며 겁에 질려 오들오들 떨고만 있었다.

"제, 제발!"

책사가 비명을 질렀다. 그제야 구위영의 주먹이 멈췄다. 망신창이로 변한 책사의 얼굴.

"대체 왜?"

"죽을 이유가 없다는 거냐?"

셀 수도 없이 많았다. 그러나 대체 왜 기천자가 그러는지 알 수 없는 것이었다.

"책사! 한 번만 묻는다. 왜냐면 난 진짜 시간이 없거든. 난 지금 당장 안의 땅으로 달려가야 하거든. 그러니까 네가 내 질문에 지체없이 답하지 않으면 난 그냥 너를 죽이고 바로 떠날 거다."

책사는 구위영의 살기가 펄펄 넘쳐나는 눈을 보고는 고개를 끄덕였다.

"여기가 어디냐?"

"죽산(竹山)."

"노야가 있는 곳은?"

책사의 눈동자가 흔들렸다.

어느 사이에 구위영의 손에는 비수가 들려 있었다.

부들부들 흔들리는 비수.

"말해라!"

책사의 눈에 흐릿한 이채가 스쳤다. 그는 한 번만 묻는다 했다. 그런데 두 번 물었다.

살기가 이리 격한데도 그는 노야의 위치를 물었다.

즉, 그 말은 이자가 꼭 알아내야만 하는 정보라는 의미였 다.

책사의 입가에 보일 듯 말 듯한 작고 비릿한 미소가 피어났 다. 약점을 잡아낸 것이나.

"좋아. 말해주지. 그런데 이렇게 자네가 내 목을 조르고 있 으니 말하기가 영……."

책사는 그를 자극하지 않게 조심스럽게 손을 들어 목을 죄 고 있는 그의 손을 천천히 풀어갔다.

"말하라고!"

"말한다니까. 아니, 아예 내가 그곳까지 데려다 줄 수도 있 지. 무슨 사정이 있는지는 모르겠지만 자네도 그분을 뵈 면……!"

책사의 눈이 커졌다. 구위영의 비수가 그의 가슴팍을 찔러 넣은 것이다. 정확히 심장의 자리.

"마, 말도 안 돼. 너… 너는 노야의 위치를……."

"기다림의 한계가 넘어섰다."

구위영이 몸을 일으키며 서늘하게 말했다.

"내, 내가 말해준다고……."

"필요 없다."

"나, 나는… 이렇게 죽을 수 있는 사람이… 아닌데. 나는……."

"너뿐만 아니라 누구나 그렇다는 것을 알아라."

구위영은 돌아서 문을 향해 걸었다. 문가에 있는 화섭자를 집어든 그는 서류가 빽빽한 서가에 불을 붙였다.

"이곳에 있는 기밀서류들. 다 볼 수 없는 시간이 없는 것이 한스럽다. 그러나 너희들도 마찬가지겠지. 네놈은 정보를 혼자 독식하고 있었으니까 남은 자들은 아주 힘들어질 거야."

책사에게서 대꾸가 없었다. 마침내 그가 숨을 거둔 것이다.

악몽혈겁의 책략을 만들어낸 주인공.

그가 그렇게 허망하게 목숨을 잃었다.

화르르륵.

종이가 가득한 내실이라 순식간에 불이 사방으로 퍼져 나갔다. 구위영은 거침없이 문을 박차고 밖으로 나갔다.

그제야 이상한 낌새를 눈치 챈 군사전 담벼락 밖에 있던 무사들이 쏟아져 들어왔다.

구위영의 소매에서 뻗어나가는 청동 구슬들.

촤르르르.

그것이 땅에 박히며 검은 안개, 흑무(黑霧)를 만들어냈다.

"으아아악! 아, 앞이 보이지가 않아. 내 눈이!"

"독무다. 숨을 참아라."

구위영이 싸늘하게 웃으며 중얼거렸다.

"독무라고 생각해 숨을 참아봐라. 질식해 죽겠지."

그는 거침없이 흑무를 뚫고 군사전 밖으로 나갔다. 웅성대는 무사들이 불타오르는 군사전을 향해 달려왔다.

촤르르르.

잇달아 허공을 날아오르는 청동환.

사방에서 흑무가 솟구쳤고 또 사방으로 퍼져 나갔다.

촤르르. 촤르르.

그의 행보는 거침이 없었다.

간간히 정면으로 다가오던 자들은 구위영의 비수에 비명을 지르며 절명했다.

"만약 우리 설이의 손끝 하나라도 다치는 날에는 네놈들 단 한 놈도 남겨두지 않고 씨를 말려버릴 거야. 나 구위영의 진짜 분노를 보게 될 거야."

군자를 지향하던 구위영.

그가 격정에 차 으르렁거렸다.

2

"믿을 수 없군."

비공(比公)이 고개를 절레절레 흔들면서 전면을 보았다.

평범해 보이는 일개 장원.

그 장원으로 자신이 들어서지를 못하고 있었다.

유공(幽功)도 침음성을 흘리며 생각에 골몰했다.

강한 힘을 가하면 더한 힘이 반탄력으로 튕겨 나왔다. 처음 그것을 무시했다가 자칫 불상사를 당하는 일을 당할 뻔하지 않았던가.

오인원탁의 홍월과 대머리노인, 그리고 땅딸보노인은 질린다는 표정을 짓고 있었다.

홍월이 근처에 있던 운풍각주를 불렀다.

"너는 여기 한 번 와봤다고 들었다. 그런데 이런 경우를 예상 못했단 말이냐?"

운풍각주는 할 말이 없었다. 설마하니 노야의 직전제자같은 초고수까지 이 진을 파훼시키지 못할 것이라고는 꿈도 꾸지 못했던 것이다.

'기천자! 당신 정말 엄청난 인물이구려.'

그는 그렇게 속으로 엉뚱한 생각을 하고 있었다. 이미 그를 잘 구슬려 포섭했으니 나중에 생각보다 더 막강한 힘으로 책사에게 힘을 보탤 것이었다.

운풍각주가 꿀 먹은 벙어리니 홍월은 인상만 긁었다. 성질 같아서는 한바탕 수하들이나 누구를 두들겨 패기라도 하면 속이 시원할 터인데, 비공과 유공 앞이니 아무래도 행동거지가 조심스러울 수밖에 없었다.

유공이 비공에게 말했다.

"아주 높은 곳까지 몸을 띄우면 어떨까?"

"허공도 똑같다는 것을 알잖나?"

"그러니까 아주 높은 곳이라고 단서를 달지 않았나?"

"그럼 네가 해보던지."

"……"

"그렇게 높은 곳까지 올라섰다가 실패하면 진이 내뿜는 반탄력을 피하는 것도 까다로워진다."

또다시 대화가 단절됐다.

아침부터 시작한 장원의 공략은 어느새 노을이 지는 지금까지 해결을 하지 못하고 있는 지경이었다.

결국 그들은 오인원탁의 셋이 이끌고 온 삼백의 수하들, 운

풍각의 일백 명과 함께 장원을 포위하고 노숙할 처지가 되었
다.

비공이 혀를 차며 욕설을 뱉었다.

"젠장. 이럴 줄 알았으면 주변의 전각들을 괜히 모조리 부
쉬버렸잖아."

유공이 공감한다는 표정으로 대꾸했다.

"그러게 말이네. 하지만 그때는 상황이 이렇게까지 꼬일
줄 몰랐지. 그나저나 대단하군. 이런 진을 보게 될 줄이야."

홍월이 간드러지는 웃음을 흘리며 다가왔다.

"호호호홍. 그러니까 저 안에 뭔가 더 대단한 것이 있을 것
같다는 생각이 듭니다."

땅딸보노인이 맞장구를 쳤다.

"그렇지요. 저런 엄청난 진 안에 별것이 없을 리가 있겠습
니까?"

그 말에 모든 사람들이 위안을 얻었다. 유공이 묘한 미소를
흘리며 말했다.

"어쩌면 저 안에 호혈약이 있을지도 모르지."

비공이 말을 받았다.

"나도 그렇게 생각하네. 분명 그럴 것이야."

"좋아. 오늘 밤은 여기서 보낸다. 그리고 내일 아침까지 저
진을 부술 묘책을 모두 생각해보도록. 만약 도움이 되는 방법

을 내놓는 자가 있다면 크게 후사할 뿐만 아니라 중용해 쓸 것을 약조한다."

모두의 눈에 이채가 반짝였다. 어쩌면 이건 인생에 한 번 올까 말까한 기회일 수도 있겠다 싶은 것이다.

그렇게 하루가 지나고 다음 날 아침이 밝았다.

많은 생각들이 쏟아졌고 그 중에 땅을 파들어 가자는 것이 채택됐다.

그러나 지하도 진은 견고하게 작동을 하고 있었다.

사람들은 진에 더 감탄하면서 오기가 생겨났다. 오전을 땅 파기로 허비한 그들이 채택한 것은 폭약의 설치였다. 폭약을 쉽게 구할 수가 없는 지라 수하들을 사방으로 보냈고, 그날 밤 한 수하가 꽤 상당한 벽력탄을 들고 나타났다.

수하들 여럿이 농시에 벽력탄을 청송장원의 정문을 향해 투척했다.

쿠아아아앙!

어마어마한 폭음에 사람들은 고막이 터질 것만 같았다. 그러나 그 엄청난 폭발에도 불구하고 청송장원의 대문은 끄떡없었다.

감탄과 경악이 이어졌다.

그렇게 또 하루가 지나갔다.

사흘째 아침.

비공이 밤 사이 골똘히 생각해 온 계책을 내놓았다.

"유공! 어쩔 수 없다. 힘으로 깨는 수밖에."

"그걸 못해서 지금 우리가 이 고생을 하고 있는 거 아닌가!"

"생각해봐라. 저 진은 모든 힘을 밀어내고 튕겨내잖나?"

"그렇지."

"그 이유가 뭐겠는가? 저 진을 흐르고 있는 기의 흐름이 부드럽기 때문이야. 유능제강(柔能制剛)의 묘가 극에 달한 진법인 것이야."

"부드러움이 강함을 이긴다라."

처음엔 심드렁했던 사람들의 이목이 비공에게 집중됐다. 홍월이 말을 받았다.

"일리가 있는 말씀이세요."

비공의 말이 이어졌다.

"갈대는 아무리 강한 바람에도 꺾이지 않아. 부드럽기 때문이지. 하지만 그 바람을 튕겨내지는 않지. 순응할 뿐. 왜 그렇겠는가?"

유공이 고개를 갸웃거리며 말했다.

"계속 말해보게."

"바람이 계속 가해지니까."

유공의 눈이 빛났다.

“그럼 우리가 실패했던 이유는 힘을 가한 것이 단발성이었기 때문이다. 이 말인가?”

“그렇지. 예를 들어 자네가 저쪽에 서서 장력을 쏘아내면 어찌될까?”

“당연히 반탄이 있겠지.”

“그 순간 내가 이쪽에서 똑같은 자리에 장력을 뻗으면? 그래도 반탄력이 똑같은 자리에서 곧바로 생길까? 내 생각은 아니야. 설사 생기더라도 현저하게 약하겠지.”

유공의 입가에 미소가 맺혔다.

“흐음. 흥미가 동하는군. 그러면 고수들 여러 명이 적당히 자리를 잡고 한쪽 목표를 향해 잇달아 장력을 품어대면 결과를 알 수 있겠군.”

비공이 고개를 주억거렸다.

“바로 그거네. 계속되는 강한 힘. 그 힘이 한 곳을 집중적으로 몰아치는 거지. 그러면 갈대는 뿌리째 뽑힐 수도 있어.”

홍월이 팔을 걷어붙이고 나섰다.

“당장 시도해보지요.”

그러지 않을 이유가 없었다. 지금 딱히 다른 대안이 있는 것도 아니니까.

비공이 가장 우측에서 자리를 잡고 말했다.

“모두 명심해라. 최대한 전력을 다해 장력을 혹은 검경을 쏟는다. 피하는 건 각자 알아서 하는 것이고 중요한 건 내가 힘을 쓰는 순간 파도처럼, 아니 그보다 더 빨리 시간을 붙이는 것이다."

비공 옆으로 선 홍월, 땅딸보, 대머리, 운풍각주 그리고 마지막으로 유공이 고개를 주억거렸다. 유공이 말했다.

"비공! 시작해라."

"좋아."

그의 손에서 뭉클뭉클 기류가 형성되기 시작했다. 그리고 남은 다섯의 칼 혹은 주먹, 손바닥으로 내력이 몰려들었다.

그리고 마침내 비공의 장력이 뿜어졌다. 연이어 이어지는 공격들!

콰앙. 쾅! 콰앙! 퍼엉! 펑! 콰앙!

여섯 번의 공격. 그리고 정확히 여섯 번의 반탄력.

각자 몸을 피하는 여섯.

그러나 그 여섯들의 얼굴에 미소가 맺혔다.

반탄력이 뒤로 갈수록 현저하게 떨어졌다. 그리고 무엇보다… 청송장원에 대문에 뚜렷한 선이 그어져 있었다.

적지 않은 균열.

비공이 광소를 터뜨렸다.

"크하하하하."

진법의 비밀은 풀렸다. 이제 남은 것은 시간문제일 뿐이었다.

　청송장원의 정문 뒤 연무장.

　그곳에 적지 않은 사람들이 있었다.

　금왕 고원지가 암독왕을 향해 말했다.

　"결국 저들이 해냈군. 빌어먹게 말이야. 이제 한 시진 정도 후면, 아냐. 반 시진도 걸리지 않을 거야. 저들은 독이 올라 있을 테니 말이지. 어쩌면 삼각? 그러게 내가 뭐랬나? 다른 사람은 몰라도 무루 그 녀석은 여기에 있어야 한다고 누누이 강조했거늘."

　암독왕이 그를 향해 정중하게 대꾸했다.

　"죄송하지만 우리 주군은 어르신의 호위가 아닙니다."

　"아니, 자네. 지금 우리가 다 죽게 되있는데도……."

　그의 말을 광도가 막아섰다.

　"주군. 말씀이 지나치십니다. 여기에는 어린아이도 있습니다."

　광도의 말에 금왕이 고개를 돌리며 한숨을 쉬었다. 황금련의 특급무사가 칠십 있었으나 남은 대부분은 청송장원의 허드렛일을 하는 사람들로써 어쩔 수 없이 지난 이틀 넘게 갇혀 있는 사람들이었다.

　금왕이 입맛을 다시며 말했다.

“내가 지나쳤네. 하지만 이제 다 끝이라고 생각하니까 그
만……”

소령이 발끈하고 나섰다.

“금왕 할아버지. 죄송한데요. 그만 징징대세요.”

“뭐라?”

“예전에 이와 비슷한 일이 있었어요. 아주 똑같은 일이었
죠.”

“……”

“하지만 그때는 금왕 할아버지처럼 두려워하는 사람은 한
명도 없었어요.”

“말도 안 된다. 곧 죽을 지도 모르는데……”

“네! 솔직히 두려웠죠. 그래도 웃었어요. 옆의 동료를 위해
서 말이죠.”

진설이 소령을 뒤에서 감싸 안으며 미소 지었다.

“그랬지. 그때 너의 할아버지께서 우리… 구위영 소협을
살리시겠다고 몸을 날려 장력을 대신 맞고 돌아가셨지.”

“언니. 왜 그 얘기를 꺼내고 그래.”

“내가 어떻게 잊니? 그리고 너의 부모님도 부상당한 구 소
협을 양 팔을 벌리고 막으셨었지. 너희 가족은 내가 평생 잊
지 않고 모시고 살 은인들이야.”

그녀의 말에 소령의 부모가 멋쩍은 미소를 흘리며 쑥스러

위했다.

금왕은 그들을 보고 그냥 지어낸 이야기가 아님을 깨달았
다.

"어떻게… 그럴 수가 있지? 힘도 없는 사람들이 어떻게 자
신보다 더 강한 사람을 위해서. 아니, 그것보다 죽는 것이 두
렵지가 않나?"

소령이 금왕을 올려다보며 말했다.

"힘이 없을지는 몰라도 용기는 있어요."

"……!"

"죽는 것은 당연히 두렵지만 그 죽음으로 가족을 지킬 수
있다면, 은인에게 은혜를 갚을 수 있다면 한 번이 아니라 열
번이라도 죽을 수 있어요."

금왕의 눈이 거칠게 흔들렸다. 소령이 힐난하는 눈빛으로
말했다.

"그런데 할아버지는 힘도 세고 돈도 많고 부하도 많잖아
요. 그런데 왜 그렇게 우는소리만 해요?"

진설이 소령의 어깨를 토닥거리며 말했다.

"가진 게 많으셔서 그런 거란다. 주변에 너무 많은 것들이
있어서 정작 지켜야 할 가치와 소중한 사람을 잊게 되는 거
지."

"그래도 난……."

"그런 말이 있어. 최상위 일 푼과 최하위 일 푼의 사람들은 똑같다고. 가장 불행한 사람들이라고."

소령이 고개를 갸웃거리며 물었다.

"가난한 사람은 알겠는데 있는 사람도 불행하다고요?"

"그래. 네가 보기엔 어떠니? 네 눈앞에 보인 금왕 할아버지는."

소령의 눈이 또르륵 굴러 다시 금왕을 올려다보았다.

그 순간 금왕은 자신이 벌거진 것 같은 착각을 느꼈다. 까닭모를 부끄러움이 가슴 속에서 확 솟구쳐 올랐다.

소령이 고개를 절레절레 흔들며 진설에게 말했다.

"말 안할래요."

"그래. 잘 생각했다. 면전에서 대놓고 말하면 너무 잔인하지."

"네."

둘의 대화에 암독왕과 광도가 쓴웃음을 깨물었다.

그 사이에 또 한 번의 공격이 있었다. 그리고 정문의 균열은 더 심해졌다.

진설이 뒤돌아 서서 이십여 명의 백성들에게 말했다.

"여러분들은 너무 걱정하지 마세요. 반드시 살아서 집으로 돌아가게 될 테니까요. 저는 저들이 우리에게 요구하는 것이 무엇인지 알고 있어요."

스무 명 중 가장 나이를 먹은 초로인이 입을 열었다.

그는 집을 며칠에 한 번씩 갔다 오며 이곳에서 하인 일을 하고 있었다.

"그럼 그것을 그냥 내주시면 되지 않습니까요?"

"근데 그것이 없거든요."

"……."

"하지만 있는 척하고 여러분들이 안전하게 빠져나가야 주는 것으로 조건을 걸 거예요."

스무 명이 웅성거리며 서로를 보았다. 진설의 말이 이어졌다.

"이제 아셨죠? 그러니 여러분들은 너무 걱정하지 않으셔도 됩니다. 그리고 아까 나눠드린 염낭엔 평소 드리는 것보다 아주 많이 은자를 넣었으니 가족들과 함께 살 쓰세요."

중년인이 입을 열었다. 그는 장작을 대주는 일을 하는 사람이었다.

"은자야 늘 넉넉하게 주면서……. 다른 건 다 필요 없고 하나만 묻겠습니다. 아가씨는 어떻게 되는 겁니까? 여기 청송장원은? 학당이나 전장. 뭐 그런 것들은요?"

진설이 슬픈 표정을 지었다.

"아마 오늘이 마지막 보는 것이 될 거예요. 그동안 감사했어요."

"내가 어쩐지 이럴 거 같았다니까요. 저놈들이 사흘씩이니 집요하게 들어오려는 것이. 근데, 그럴 수는 없습니다. 태어나 처음으로 사람으로 대접해준 분들인데 이렇게 보낼 수 없습니다."

"그럼요. 못 보내요. 저희도 싸울 게요."

주방에서 일을 도와주는 아낙네가 버럭 소리를 질렀다.

"나도 싸우겠소."

"우리도 칼 쥐고 눈깔에 힘을 팍 주고 있으면 무서워 보입니다. 마소야! 넌 뭐해? 어서 네 장작 패는 도끼 가져와!"

그때 뜬금없는 목소리.

"난 빠져나갈 거여."

"그려. 갈 놈은 가고!"

"나가서 근방의 사람들 다 데리고 올 거여!"

"그려. 그러면 되겠다."

진설이 당황했다.

"그러지 마세요. 제발 그러시면 안 돼요. 저들은 아주 무서운 사람들이에요. 아주머니, 아저씨들이 아무리 많이 모여도 저들은 못 이겨요."

초로인 하인이 말했다.

"아까 소령 아가씨가 말했잖습니까? 힘은 없어도 용기는 있다고. 그리고 은인은 안다고. 나도 다른 건 다 몰라도 인간

대접해주고 도와준 아가씨들 죽는 거 못 봅니다. 내가 대신 죽을 겁니다.”

그때 전각의 이 층에 있던 소령의 동생 수헌이 빽 소리를 질렀다.

“큰일 났어요. 근방의 마을 사람들이 몰려오고 있어요.”

말이 씨 된다더니.

암독왕과 광도가 경공을 펼쳐 먼저 이 층 대청으로 올라섰다. 그 뒤를 진설과 소령 그리고 금왕이 올라섰다. 남은 사람들이 다 올라섰다.

정말이었다.

농기구가 부엌칼을 든 아저씨와 아주머니. 몽둥이를 쥔 할아버지.

그들이 새까맣게 몰려오고 있었다.

장원 밖에 있던 적들은 이 기막힌 광경에 어이가 없는 얼굴로 몰려오는 민초들을 바라보고 있었다.

평범한 백성들이 감히 무림인을 향해 몰려오다니.

그것도 수백의 무림인이 결집해 있는 곳으로 말이다.

금왕은 눈을 감았다.

부끄러웠다.

내 목숨만 아까워한 것이 부끄러워 쥐구멍에라도 숨고 싶은 지경이었다. 그런 마음을 안다는 듯이 광도가 그의 손을 꼭 잡아주었다.

암독왕도 눈시울이 그렁해졌다. 그러나 이렇게 있을 수만은 없었다.

"문을… 열겠습니다."

진설과 소령이 고개를 끄덕였다. 그리고… 금왕도 고개를 주억거렸다.

진설이 덧붙였다.

"모두들 당당하세요. 구 소협께서 예전에 저한테 한 말이죠. 죽더라도 당당하게 죽겠다고. 여러분이 당당하시다면 제가 어떻게든 희생을 최소한으로 줄여보겠습니다."

암독왕은 그녀의 모습에 감탄했다. 아니 이 층 대청에 있는 모두가 그녀에게 감탄했다.

소령이 맞장구를 쳤다.

"맞아. 구 오라버니가 분명 그랬어. 비겁자로 죽지는 않겠다고!"

第八章

상황의 주관자

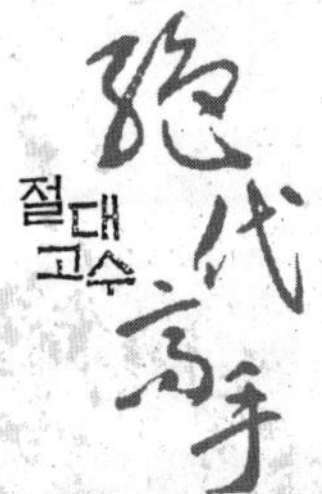

1

끼이이익.

문이 열렸다.

그리고 그곳에서 사람들이 우수수 쏟아져 나왔다.

그 광경에 비공이 코웃음을 쳤다.

"크하하하. 뭐냐? 저기 몰려오는 농부와 그 아낙네와 함께 협공이라도 하겠다는 거냐?"

선두의 진설이 심호흡을 하고는 말했다.

"여기 있는 사람들과 저기 오는 사람들, 그들 중 단 하나라도 해코지한다면 당신들은 후회하게 될 거예요."

“어디서 비린내도 가시지 않은 것이!”

암독왕이 끼어들었다.

“당신들이 찾고 있는 것을 얻고 싶다면 우리 말을 들어달라는 것이오.”

유공이 눈을 가늘게 뜨며 말했다.

“우리가 찾는 것?”

“호혈약.”

“……!”

진설이 말했다.

“나는 저분들을 돌려보내고 다시 오겠어요. 그리고 여기 계신 분들도 저들과 가족들. 돌려보내겠어요.”

“…….”

“설마 내가 도망갈 거라고 생각하는 건 아니죠? 설사 그렇다 해도 충분히 따라잡을 능력이 되시잖아요.”

비공과 유공이 어이가 없어 실소를 피식피식 흘렸다.

“내 평생 너처럼 간 큰 계집은 처음이다.”

진설이 고개를 저었다.

“유라 언니를 못 봐서 그래요. 그 언니가 여기 있었으면……. 음, 관두죠. 곧 돌아오겠어요.”

진설이 장원의 식구들 스물을 향해 말했다.

“저를 따라오세요.”

“못 갑니다. 저희는 싸울 겁니다.”

“함께 싸우게 해주세요.”

진설이 이마의 땀을 훔치며 간청했다.

“이러시면 제가 더 힘들어집니다.”

“아가씨 안전해지는 것을 보기 전까지 절대 못가요.”

진설의 표정이 보기에 안쓰러울 정도로 애처로워졌다.

그리고 그 광경을 보는 비공, 유공이나 오인원탁의 무리들
은 기가 찰 뿐이었다.

정말이지 칼 한 번 휘두르면 다 죽어버릴 놈들이 먼저 싸우
겠다고 나서고 있으니 황당하기만 했다.

결국 보다 못한 금왕이 특급무사들을 향해 말했다.

“진 소저를 도와라.”

“옛!”

그들이 나서서 수혈을 짚어 잠을 재우고 한 명씩 안아들고
나서야 진설은 걸음을 뗄 수 있었다.

진설이 설득을 하기 위해 떠난 사이 홍월이 입을 열었다.

“만약 호혈약이 없다면 너희들뿐만 아니라 저들도 끝까지
쫓아가 다 도륙해 버릴 것이다.”

암독왕은 속으로 한숨을 삼켰다.

그는 이미 사흘 전 전서응을 청송단에 띄워 보냈다. 그들이
시간에 늦지 않게 오기를 바라는 것이 유일한 희망이었다. 그

의 예감으로 반나절 후면 도착인데 정말이지, 안타까울 뿐이
었다.

자신들은 죽음을 피할 수 없을 터였다. 그러나 저 무고한
백성들까지 죽기 전에 그들이 오기만을 간절히 바랄 수밖에
없었다.

"그럴 리야 있겠소. 당신들이 저들과 우리의 안전만 보장
해준다면 호혈약을 못 내줄 이유가 없소."

"그럼 왜 그동안 버틴 것이지?"

홍월이 날카로운 질문을 던져왔다. 그러나 암독왕도 지지
않았다.

"당신들의 능력이 진법을 깨지 못한다면 굳이 우리가 내줘
야 할 필요가 없지 않소?"

둘의 설전이 이어졌다.

진설은 몰려온 백성들에게 거짓말을 해댔다. 오해가 있었
는데 이제 대화로 풀 참이라고. 진실을 알고 있는 스무 명은
잠들었으니 그들은 긴가민가했다.

그때 백성들 무리 속에서 나오는 한 청년을 보고는 진설의
신형이 휘청거렸다.

"설."

구위영이었다.

“가가.”

“늦지 않아 다행입니다.”

황금련의 스물 특급무사들은 놀라면서도 요령껏 구위영과 진설을 적들의 시야에서 막아주었다.

진설의 눈에서 이슬이 흩뿌렸다. 그가 구위영을 품속으로 파고들었다.

“정말 다행이에요. 살아계실 것이라 믿었어요.”

“보고 싶었습니다. 정말이지 뼈에 사무치도록 보고 싶었습니다.”

진설은 눈물을 소매로 훔치며 떨어졌다.

“지금은 이러고 있을 때가 아니에요.”

“알고 있습니다.”

구위영이 돌아서서 그들을 향해 말했다.

“우리를 믿고 돌아가 주십시오. 저들은 사람 목숨을 파리보다 못하게 여기는 자들입니다. 도우러 와주신 것 진심으로 감사드립니다. 하지만 지금은 오히려 저들이 우리를 의심하게 만들고 있습니다.”

진설의 말을 들었던 구위영이 살을 붙여 얘기하자 사람들이 고개를 끄덕이며 물러나기 시작했다. 무슨 일이 생기면 부르라는 말을 전하면서.

구위영은 미소로 그들을 보내고는 눈을 빛냈다.

"자. 이제 반격을 시작해볼까요?"

진설이 화답했다.

"무슨 방법이라도 있는 건가요?"

"사랑의 힘."

"풋. 이 와중에 농이세요?"

둘이 웃었다. 그것을 보는 스물 황금련 무사들의 가슴속은 새까맣게 타들어갔다.

그리고 그들은 돌아갔다. 물론 구위영은 황금련 무사들 속에 섞여 보이지 않게.

구위영은 이제 가지고 있는 청동환은 딱 다섯 개였다. 그는 그것으로 자신의 기운을 지우는 데 썼다.

비공이 진설 일행이 다가오는 모습을 보며 묘한 미소를 흘렸다.

"약속대로 돌아오는군. 하긴 도망가 봐야 부처님 손바닥 안의 손오공이지. 그런데 말이야."

"왜?"

"저 여인 볼수록 마음에 들지 않나? 아까도 그랬지만 지금은 더 당당해진 것 같아. 대체 저 자신감이 어디서 나오는 것인지."

"크크큭. 솔직히 나도 조금 놀랍긴 하다. 저런 당찬 여인은 평생에 한 번 보기 싫지 않지."

"그래서 말인데 저 여인을 취하는 건 어떻게 생각하지?"

"일단 호혈약부터 해결하자고. 거의 다 된 밥에 콧물이라도 빠뜨린다면 아무리 네놈이라도 용서치 않아."

"물론 호혈약이 먼저지. 걱정하지 말라고."

기실 그 둘은 곧 호혈약을 쥐게 된다는 것에 가슴이 설레고 있었다. 일이 틀어져 호혈약을 노야에게 갖다 바쳐야 하는 상황. 그렇다면 그 공을 자신들이 세우는 것은 아주 바람직한 일이라 할 수 있었다.

진설이 돌아와서는 입을 열었다.

"기다려주셔서 아주 고맙게 생각해요. 사실 쓸데없는 피를 흘릴 필요는 없지 않겠어요."

"그야 그렇지."

비공이 고개를 주억거렸다.

"그런데 호혈약을 내주기 전에 궁금한 점이 하나 있어요. 그 피리가 대단한 무기이기는 하지요. 하지만 앞에 두 분은 굳이 그런 것에 연연해하지 않으셔도 될 것 같은 대단한 무위를 갖춘 것 같은데. 왜 그렇게 호혈약에 집착하지요?"

비공이 씩 웃었다.

어쨌거나 미인이, 그것도 마음에 든 여인이 자신에게 강하다고 칭찬해주니 기분이 좋아진 것이다.

"원래 강자는 더 많은 것을 갖길 원하는 법이지."

"그런가요? 그럼… 호혈약 말고도 또 원하는 것이 있나요?"

진설의 눈이 고혹적인 눈웃음을 그렸다. 비공이 입술에 침을 바르며 키득거렸다. 아주 모처럼 간만에 가슴에 불을 지피는 계집이었다.

"호혈약을 건네주는 미녀라면 금상첨화겠지."

"호호호. 재미있으신 분이군요."

그 둘의 대화를 가장 불쾌하게 듣고 있는 사람은 구위영이었다. 그는 화를 속으로 삼키면서 사람들에게 전음으로 자신이 왔음을 알리는 중이었다. 진설이 그 시간을 벌고 있는 중이었고 말이다.

전음을 마친 구위영이 신호를 내릴 준비를 했다. 모두가 다 장원 안으로 단숨에 들어갈 준비였다. 가장 마지막은 무공이 이중에서 가장 강한 광도가 맡기로 결정했다.

그때 유공이 손을 들었다.

"잠깐!"

비공이 진설의 대화에 취해 있다가 눈살을 찌푸렸다.

"왜 그러나?"

"뭔가 이상해."

"뭐가 말인가?"

유공이 소령을 직시하며 물었다.

"꼬마야. 너 조금 전에 왜 그렇게 깜짝 놀란 표정을 지었지?"

"예? 제, 제가요? 설마요?"

"아니야. 너뿐만 아니라 몇몇 사람들의 표정에 미세한 변화가 있었다."

그가 앞으로 걸음을 내딛었다.

순간 광도가 소리를 질렀다.

"안으로 피해라!"

동시에 그의 칼이 하얀 강기를 전면으로 벼락처럼 쏟아냈다.

콰아아앙!

비공이 칼을 들어 그 강기를 막고는 얼굴을 일그러뜨렸다.

"후후후. 그러니까 지금 날 속였다는 거냐?"

소령과 소령의 가족들을 황금련의 무사들이 허리를 채 장원 안으로 넘어갔다. 그리고 금왕과 구위영이 그 뒤로 장원으로 들어섰다. 그 순간 구위영을 본 운풍각주가 화들짝 놀라 외쳤다.

"너, 넌 기천자!"

운풍각주는 뭔가가 잘못 돌아가고 있음을 깨달았다. 죽산에 있어야 할 그가 왜? 불길한 예감이 그의 뇌리를 스쳤다.

그야말로 일사불란하게 그들이 장원 안으로 속속 대피했다.

비공과 유공의 분노한 공격이 어느새 마지막으로 남은 암독왕과 광도를 향해 쏟아졌다.

콰아아앙.

"큭."

"으음."

암독왕과 광도에게서 나오는 흐릿한 신음. 그러나 그들은 그 고통의 와중에서도 정문으로 몸을 던졌다.

끼이이익.

급히 닫히는 정문!

"됐다!"

양쪽에서 문을 닫는 황금련의 무사들이 반색했다. 이로써 또 어느 정도 시간을 번 것이다.

그렇게 생각했었다.

그런데 그들도 모르는 사이에 문틈에 비공의 칼이 스며들어 있었다.

"……!"

문을 닫은 두 무사의 눈에 손톱만큼 삐져나온 칼끝이 보였다. 그리고 그 칼끝이 빙글 거대한 원을 돌며 그어졌다.

"헉!"

연무장의 사람들이 급히 뒤로 물러섰다.

동그란 선이 그어진 장원의 정문.

텅! 텅텅!

문에서 동그란 달 하나가 떨어져 나갔다.

대문에서 사람이 살짝 목을 숙이고 들어가도 될 만큼 큰 구멍이 생겨났다.

그곳으로 비공이 들어섰고 그 뒤를 유공이 따랐다.

비공이 이를 갈았다.

"날 농락한 대가가 얼마나 무서운지 아주 똑똑하게 보여주지."

서늘한 기운이 연무장의 전체로 퍼져 나갔다.

2

초반에 장원에 들어와 후원의 자신 처소로 달려간 구위영은 급히 탁자를 열어젖혔다.

가득 쌓여있는 청동환.

급히 최대한의 구슬을 갈무리한 그는 방문을 발로 박차고 밖으로 튀어나갔다. 그리고 곧바로 연무장을 향해 뛰었다.

그는 저들이 장원 안으로 들어선 것을 이미 감지하고 있었다. 왜냐하면 이 진은 자신이 만들었고, 무궁무진하게 변할 수 있었으니까.

"너희들은 이제 독 안에 든 쥐가 뭔지 알게 될 것이다."

연무장에서 폭음이 들렸다. 발을 놀리는 구위영의 걸음이 더욱 빨라졌다.

콰아아앙.

광도와 암독왕이 뒤로 주르르 밀려나다가 털썩 주저앉았다.

겨우 세 번. 세 번 부딪쳤는데도 불구하고 일어설 기력이 쑥 떨어질 정도였다.

비공이 진설을 향해 외쳤다.

"계집. 당장 호혈약을 가져와. 안 그러면 일단 저 둘의 숨통을 끊어주지."

장원 안으로 들어선 이는 비공과 유공 둘 뿐이었다. 나머지는 장원을 포위한 채 기다렸다.

진설은 초조했다. 구위영이 이젠 나타나 줘야 했다.

비공의 칼이 다시 광도와 암독왕을 향해 움직이려고 했다.

"잠깐만요!"

진설이 부르짖듯이 외쳤다. 그러나 비공이 차갑게 말했다.

"이미 늦었다, 계집."

그의 검에서 가공할 강기가 쏟아졌다. 그것을 보면서 광도와 암독왕은 눈을 감았다. 막을 수도 피할 수도 없는 공격이었다.

금왕이 절절한 목소리로 외쳤다.

"광도오오오!"

수하이면서 벗이었던 자가 죽어 가는데 지켜보고만 있어야하는 무기력함이라니.

이윽고 비공의 강기가 암독왕과 광도를 얼굴을 덮쳤다.

촤아아아.

시원한 물을 한 바가지 맞는 느낌.

응?

암독왕과 광도는 눈을 부릅떴다. 분명 비공의 강기가 얼굴을 덮치고 지나갔다. 그런데 얼굴이 산산이 찢어지기는커녕 시원하다니?

암독왕이 눈을 부릅뜨며 빈색했다.

"좌호법!"

광도가 놀라워 말을 받았다.

"이게 정말 그의 능력이라는 것이오?"

"그 말고 누가 이렇게 할 수 있겠습니까? 크허허허."

비공과 유공의 얼굴이 멍청해졌다. 그리고 이내 유공이 고개를 절레절레 저으며 비공을 향해 말했다.

"이봐. 장난치지 말라고. 그런데 아주 신기한 기술이군."

"나, 나는……."

그때 이 층 대청에서 구위영이 씩 웃으며 모습을 드러냈다.

"지금부터 모든 상황은 제가 주관합니다. 일단 우리 쪽 사람들은 다들 이리 올라오세요."

모두가 곤혹스러워하면서도 구위영의 말에 따랐다. 진설과 소령 그리고 암독왕이 앞장서니 따르지 않을 수도 없었다.

유공이 눈에 쌍심지를 키고 외쳤다.

"감히!"

그의 손에서 묵빛 기류가 번개처럼 뻗어나가 금왕의 등을 쳤다.

촤아아아아.

금왕이 처음엔 이젠 죽었구나라는 표정으로 몸을 웅크렸다가 광도를 향해 말했다.

"정말이네."

광도가 말했다.

"제가 뭐라 그랬습니까?"

"허어. 등짝이 다 시원해."

유공이 말문을 잃었다. 그는 그제야 비공이 장난친 것이 아님을 깨달았다.

둘의 시선이 동시에 구위영에게 향했다. 어느새 구위영 좌우, 후위로는 사람들이 꽤 몰려 있었다.

차착!

둘이 땅을 박차고 번개처럼 이 층 대청으로 쇄도했다.

"죽어라!"

"감히 누구한테 사술을!"

역시 강대한 기운을 피어 올리며 쇄도하는 그들의 모습에 사람들이 놀라 뒤로 우르르 피했다.

단 한 명, 진설을 빼고는.

그녀는 구위영의 허리를 자연스럽게 앉고는 가만히 서 있었다.

유공의 권과 비검의 칼이 그들을 난도질하려는 순간, 이 층 대청으로 들어서려는 순간, 보이지 않는 막에 막힌 그들은 거대한 바위와 충돌한 충격을 받았다.

"커헉!"

"으억!"

그렇게 잠깐 허공에 대롱대롱 매달려 있다가 무서운 속도로 연무장 바닥으로 팽개쳐졌다.

사람들이 다시 구위영 주변으로 몰려들어 신기한 듯이 손을 들어 휘휘 허공을 저었다. 그러나 아무 것도 걸리는 것이 없었다.

금왕이 고개를 저으며 중얼거렸다.

"천부의 힘은… 정말이지."

기가 막혔다, 이런 힘을 가진 자들과 한때 붙어보려고 했던 것이. 절세고수인 광도도 한숨을 삼키며 고개를 절레절레 저었다.

바닥에 흉물스럽게 자빠졌다가 일어난 비공과 유공은 서로의 몰골을 보고 웃지도 울지도 못했다. 비공을 코가 깨져 코피를 흘리고 있었고, 유공은 앞니 세 개가 나란히 깨져 있었다.

"일단은……."

"피해야 한다."

둘의 신형이 번개처럼 정문의 동그란 구멍으로 쇄도했다. 그리고 또다시 방금 전과 같은 경험을 했다.

보이지 않는 무형의 막.

"커흑."

"크윽."

곧 무섭게 팽개쳐지는 둘.

구위영이 말했다.

"이제 그 문으로 누구나 들어올 수 있습니다. 대신 내 허락 없이는 아무도 나갈 수 없습니다."

비공이 고개를 들며 참담한 시선으로 물었다.

"대체 어떻게 된 거냐?"

"말했잖습니까? 이곳의 상황은 제가 주관한다고."

그때 땅딸보노인이 대문의 구멍으로 쑥 들어섰다.

“유공님. 대체 언제 나오실… 헉! 왜 몰골이?”

구위영이 그를 보며 손을 흔들어주었다.

“지옥에 합류한 것을 환영합니다.”

그리고 반각 후.

땅딸보노인도 얼굴이 망가져 있었다.

구위영이 청동환 몇 개를 연무장 바닥 몇몇 곳에 던지며 새로운 지시를 내렸다.

“이제부터 천공을 향해 모든 내력을 반각 안에 다 뿜어내십시오. 그 시간 이후로 내력이 소진되지 않은 자는 주화입마를 맞는 기쁨을 누리게 해드리지요.”

진설이 옆에서 물었다.

“저번처럼 번개로 때리기는 안 해요?”

구위영이 씩 웃었다.

“일단 내력부터 빼고 하려고요.”

“꼭 해요. 아까 저 인간이 음흉스런 시선으로 제 몸을 훑은 것을 생각하면……. 아주 본때를 보여줘야 해요.”

그리고 잠시 후 이 층 대청의 사람들은 번개로 때리기를 구경했다.

그것을 본 황금련의 사람들은 무슨 일이 있어도, 죽어도 구위영과는 척을 지지 않겠다고 굳게 맹세했다. 그리고 실수로라도 진설의 몸에 시선을 주지 않겠다고도 스스로에게 굳게

다짐했다.

번개로 때리기가 끝났을 때 지평선 멀리에서 자욱한 흙먼지가 일었다.

마침내 청송단이 귀환하고 있는 것이었다.

그 모습을 본 구위영이 피식 웃었다.

"밖은 굳이 우리가 나설 필요가 없겠습니다. 허허허."

그의 늙수그레한 웃음에 황금련 사람들이 멋쩍게 따라 웃었다.

그들은 언제부터인가 구위영의 눈치를 살피는 중이었다. 구위영은 연무장 바닥에 기절한 삼인을 보고는 슬쩍 진설의 허리를 안았다.

"우리는 그만 이제 빠질까요?"

진설이 수줍게 웃으며 고개를 끄덕였다.

자연스럽게 사라지는 일남일녀.

소령이 불평을 터뜨렸다.

"뭐야. 훤한 대낮부터!"

그러나 다른 사람들은 침묵했다. 혹시나 허튼 소리를 했다가 구위영이 들을까봐.

한편 청송단의 선두에서 말을 달리던 유라는 눈을 부릅떴다.

포위되어 있는 청송장원.

이 층에 몰려 있는 사람들.

그리고… 정문에 뻥 뚫려 있는 구멍!

"뭐, 뭐야? 구 사형의 진이 뚫린 거야?"

그녀는 질겁했다. 그녀의 말에 좌우의 진, 묘도 놀랐고 청송단원도 놀랐다. 종통선생과 사굉파파도 놀라 마차에서 뛰쳐나와 지붕으로 올라섰다.

기실 유라는 암독왕의 전서응을 받고 꽤나 빨리 달려오기는 했지만 심각하게 생각하지는 않았다. 구위영의 진을 뚫지 못할 것이라 여긴 것이다.

만약 그녀가 정말 심각하게 생각했다면 청송단원을 뒤에 두고 훨씬 먼저 도착했을 터였다.

유라의 눈에 쌍심지가 켜졌다.

"감히 본 장원을 공격하고 있단 말이지. 내가 장원의 원주이거늘!"

유라가 말허리를 힘껏 걷어찼다. 그러나 이내 성이 안찬다는 듯이 말 위에서 허공으로 경공을 펼쳤다.

홍월은 들어간 사람들이 나오지 않아 들어갈까 하던 참이었다. 그때 몰려오는 기마단을 보고는 고개를 갸웃거리다가 씩 웃었다.

"아까 고 계집이 머리를 굴렸구나. 사람들을 돌려보낸다면서 근처에 숨겨둔 병력에 지원을 요청한 것이 분명해."

대머리노인이 고개를 끄덕이며 말을 받았다.

"그런 것 같소. 어떻게 안에 알리는 게 낫지 않겠소?"

"저딴 놈들 우리들로서도 충분하잖아요."

운풍각주도 동의했다.

"괜히 윗분들 심기를 건드리지 말고 저들을 해치우지요."

그들 중 상당수는 비공과 유공이 아까 그 계집을 희롱하고 있는 중이라 생각했다.

그렇게 그들이 포위를 풀고 나아가다가 눈을 치켜떴다.

한 여인이 갑자기 말을 박차고 허공에 몸을 띄우더니 무서운 속도로 허공을 날아오는 것이 아닌가?

"고, 고수!"

"하, 한 명일 뿐이에요."

홍월이 애써 긴장을 감추며 말했다.

그런데 진, 묘도 유라를 따라 허공을 격했다.

"세, 세 명일 뿐……."

종통선생과 사굉파파도 허공을 밟았다.

"다, 다섯 명!"

홍월의 얼굴에서 마침내 핏기가 사라졌다.

어려운 싸움이었다.

"일단 수적인 우세를 바탕으로 막는 것에 치중……."

홍월의 입이 쩍 벌어졌다.

일백 기마단이 검을 빼어 들었다.

그런데 그 일백 검에서 피어나는 검강. 일백 검강이라니!

"대체 어디서 저런 자들이!"

싸우기도 전에 오인원탁의 두 수장과 정예 수하들, 그리고 운풍각이 전의를 상실했다.

홍월은 몸을 부르르 떨었다.

정말 미친 듯한 가공할 속도로 날아온 여인.

놀라웠다, 그녀의 미모가.

그리고 더 놀라웠다, 그녀의 검은!

홍월은 자신이 일초도 막지 못하고 쓰러지는 현실을 부인했다.

"이건… 꿈이야."

쓰러진 그녀의 눈에 제대로 된 반항도 한 번 못하고 밟혀나가는 수하들이 보였다.

그녀의 눈에 눈물이 흘렀다. 수십 년의 꿈과 야망의 결실이 이제 코앞에 있는데. 결국 일장춘몽이었던가?

한숨만 흘렀다.

그리고 그녀의 눈이 서서히 감겨 갔다.

第九章
행복하셨소?

천하가 늘끓었나.

마교의 패퇴.

적검왕의 재출도 그리고 다시 쓰는 전설.

한무루라는 젊은 청년 고수가 이룩한 신화.

유라라는 초절정 고수이면서 초절정 미녀.

구위영이라는 진법과 주술의 달인.

적검왕의 제자들 진, 축, 묘의 활약.

청송장원의 강서성 장악.

봉황문이 주축된 연합세력의 호광지역 완전 회복.

들꽃같이 일어선 인동초들의 눈부신 전과.

겨울이 다 지났을 때 들려온 모든 소식은 정파인들에게 거의 모두가 낭보였다.

무루는 자신을 애써 빼려고 했지만 구위영이 돌아온 것을 확인한 적검왕이 전격 실토하면서 그의 절대무위가 세상에 드러났다.

마교와의 일전 때 있었던 각 방파들이 부지런히 소문을 날랐고 무림맹주과 남궁세가, 그리고 봉황문의 실토까지 더해져 무루는 가히 살아 있는 신화적 존재가 되어버렸다.

절대고수!

무림사 이래 단 한 번도 이루지 못했다는 그 경지.

누구도 세인들에게 불리우지 못했던 그 호칭이 무루 앞에 붙었다.

절대고수 한무루!

그의 별호가 아예 절대고수가 되어버렸다.

봄이 왔다.

사악련도들은 계속 궁지에 몰렸고 오인원탁회의 살아남은 두 노인. 회주와 적발노인은 자취를 감췄다.

사람들은 무루에게 물었다.

"아직 사악련도들의 근거지가 많이 남아 있습니다. 그런데 왜 직접 나서지 않느냐고.”

무루는 대답할 가치가 없다고 대꾸했다. 그래도 묻자 그가 말했다.

“자유는 스스로의 힘으로 일궈내야 의미가 있고 가치가 있소. 누군가가 그 자유를 준다면 그건 자유가 아니오.”

건방지다고 말하는 사람도 생겼다. 그러나 그런 말을 하는 사람이 있든 말든 무루는 신경 쓰지 않았다.

그는 안의 땅에서 장원과 표국, 전장, 그리고 학당일의 총호법 일을 하는 것만으로도 벅찼으니까 말이다.

유월.

봄에서 여름으로 넘어가는 시기.

모처럼 아는 사람들이 정송장원에 많이 모였다.

적검왕이 악씨세가의 태상장로인 악원술과 아미 장문인인 보현신니와 함께 왔다.

그가 온다는 소문에 무림맹주가 나섰고, 여식 매봉 유화영과 남궁가주도 동행해 왔다.

봉황문주 학봉 이수린도 질세라 왔고 금왕 고원지가 자식을 데리고 놀러왔다.

그리고 악몽혈겁에서 영웅으로 떠오른, 하필 무루와 적검왕 때문에 명성이 많이 묻힌 강남이룡과 점창일검, 그리고 태

극문의 무극천 장로가 호승심을 숨긴 채 적검왕을 뵙고 싶다
는 이유로 청송장원을 찾았다.

청화 나월희가 사형인 척신술과 만운문을 대표해 온 것을
비롯해 적지 않은 중소방파의 수장들도 자리했다.

만약 금왕이 전각들을 다시 일으켜 세우지 않았다면 그들
태반은 노숙을 해야 했을 만큼 많은 사람들이 모였다.

많은 이들이 무루가 생각보다 젊음에 경악했고, 유라의 눈
부신 미모에 경탄했으며, 구위영의 늙수그레함에 혀를 찼다.

술자리가 이어졌다.

워낙 많은 사람들이라 청송 장원의 앞 평야에 그 자리가 마
련됐다.

하얀 보름달이 휘영청 떴다.

적당하게 취기가 올랐을 때 적검왕이 입을 열었다.

"사실 내가 이리 온다고 소문을 낸 것은 의도적이었습니다."

아미 장문인 보현신니가 말을 받았다.

"도통 무림 일에 관심을 보이시지 않는 절대고수 한무루
대협을 많은 명숙들에게 소개시키고자 함이 아니십니까?"

모두가 고개를 끄덕였다. 그러나 정작 말을 꺼낸 적검왕이
고개를 저었다.

"물론 그런 의미가 없는 것도 아니지만은… 노부가 숨겼던
진짜 의도는 이 모든 싸움에 종지부를 찍고자 함입니다."

“······?”

사람들이 영문을 몰라 고개를 갸웃거렸다. 다만 무루만 쓴 웃음을 짓고는 자리 앞에 있는 술잔을 비웠다.

그러자 냉큼 유라가 옆에서 술잔을 채웠다.

그 모습에 몇몇 사람들이 질투어린 시선을 보내왔다. 그러나 적검왕이 함께 있는 자리인지라 애써 호승심을 가라앉혔다. 그런 자들은 대개가 무루의 능력이 과대평가되어 있다고 믿었다.

난세엔 영웅이 필요한 법.

물론 무루의 무위가 고강하지 않은 것은 아닐 터이나 과장이 너무 심하다고 생각하고 있었다.

한 잔 술로 목을 축인 적검왕의 말이 계속됐다.

“나는 노야의 방문을 백일 전에 빋았습니다.”

그 말에 좌중이 웅성거렸다. 적검왕이 무루를 세상에 밝히면서 자신이 지나온 과거도 말했기에 노야는 이제 세상의 무림인 모두가 알고 있었다.

소란이 잦아들 생각을 하지 않자 무림맹주가 공력을 실은 헛기침을 몇 차례 하고는 침묵을 유도했다.

적검왕이 고맙다는 눈인사를 하고는 말을 이었다.

“그는 나에게 마지막 기회를 주겠다고 했습니다. 다시 자신을 받들 기회를.”

다시 웅성거림이 생겨났다. 그러나 적검왕은 개의치 않고
말했다.

"그리하겠다고."

소란이 뚝 끊겼다.

"대신 조건이 있다 말했소이다. 내가 절대고수라 일컬은
한무루를 오늘 밤 꺾는다는 조건을 걸었소이다. 그리고 그는
그 조건을 받아들였습니다."

남궁가주가 물었다.

"그 노야라는 자가 정말 그리 강합니까? 적검왕 어르신께
서 그리 오랜 세월 숨어 살 정도로 말입니다. 저는 솔직히 아
직도 잘 믿겨지지가 않습니다."

"강합니다."

"……."

"그런 이유로 무루가 막지 못한다면 그 누구도 막을 수 없습
니다. 왜냐하면 백일 전 본 노야는… 너무도 강해서 내가 도망
다녀야 했던 때보다 열 배 이상 더 강해져 있었으니까요."

점창 일검이 손을 들어 발언권을 얻고는 외쳤다.

"그런 강함은 불가능합니다. 적검왕 어르신보다 훨씬 더
강했었다는데, 그 경지에서 열 배 이상이 더 강해지다니요?
믿기기 힘듭니다."

그때 어둠에서 목소리가 울렸다.

“애송이. 너보고 믿으라고 한 적 없다.”

사람들이 눈을 치켜뜨고 사위를 두리번거렸다. 난데없이 흘러나온 음성.

그런데 그 목소리의 진원을 알 수가 없었다.

적검왕이 고소를 머금었다.

“어디에 계십니까?”

그의 말에 사람들이 숨을 들이켰다. 자신들만 모르는 것이 아니라 적검왕마저 모른다는 것이다.

“검공!”

“적검왕입니다.”

“크크큭. 좋아. 적검왕. 너는 분명 나에게 호혈약을 주기로 약속했다. 난 그 조건을 담보로 백일을 조용히 있었다. 맞느냐?”

“맞습니다. 여기 있는 군웅들 앞에서 제 이름을 걸고 다시 한 번 약속드립니다.”

“좋아. 네가 약속을 지킨다면 나는 이곳에 모인 자들의 문파는 향후 십 년 동안은 절대 건드리지 않겠다.”

“혼자 오셨습니까?”

“나밖에 없으니까.”

“제자들과 원탁의 두 곳이……”

“성가셔서 다 죽였다.”

“……!”

적검왕은 뭔가 알 것도 같다는 표정을 지었다가 물었다.

“창공은 그래도 노야께 충성을 진심으로 바쳤던 것으로 기억합니다.”

“안다.”

“그런데 왜?”

“나에게 따졌다, 왜 제자들을 죽이냐고.”

“……”

“적검왕! 너도 알아둬라. 내 명에 토를 달면 능력이 어떻든지 간에 죽일 뿐이다.”

“저는 아직 노야의 수하가 아닙니다. 그러기 위해서는 무루를 제압하셔야 합니다.”

“그래. 그렇게 하지. 한무루! 좋은 이름이다. 번뇌가 없는 경지라. 어떻게 하겠느냐? 내가 갈까? 아니면 네가 오겠느냐?”

무루가 자리에서 일어나 뒤돌아섰다. 그리고 멀리 보이는 산의 정상을 향해 말했다.

“원하시는 대로.”

무루의 반응에 노야의 거침없는 말이 처음으로 뚝 끊겼다. 그러자 점창일검이 고개를 저으며 웃었다.

“한 대협! 당신의 장난이 지나치니 노야가 대꾸를 안 하지 않습니까? 하하하. 저 산과의 거리가 얼마인데. 그것도 산 정상이라고요? 농을 해도 유분수지.”

점창일검의 말에 많은 이들이 고개를 끄덕였다. 그때 유라가 고개를 끄덕거렸다.

“저 산이 맞네. 느껴져.”

적검왕도 고개를 주억거렸다.

“그렇군. 무루 자네가 저 산을 지목해주니 알 수 있었네.”

많은 이들의 얼굴이 파랗게 질려갔다.

정말로 저 멀리 까마득한 곳에 위치한 산의 정상에 그가 있단 말인가?

그때 어둠에서 웃음소리가 터졌다.

“크하하하하. 재미있군. 솔직히 내가 있는 곳을 눈치챌 것이라고는 예상도 못했어. 적검왕이 무슨 꼼수를 부리려는 것인가 했는데 단순한 꼼수가 아니었단 말이군.”

그리고 또 대화가 끊겼다. 적검왕이 물었다.

“오는 건가?”

무루가 고개를 끄덕였다.

“이미 와 있습니다.”

모두가 눈을 부릅뜨며 벌떡 일어섰다. 그리고 주변을 돌아보았다.

무루가 말했다.

“천공!”

모두의 고개가 위로 올라갔다.

그리고 그들은 믿기지 않는 광경을 보았다.

족히 오십여 장은 되는 높이에서 한 사내가 집 채만 한 바위를 한 손으로 들고 있었다.

그가 그 바위를 휙 던졌다.

"허억!"

좌중이 사방으로 흩어졌다. 바위의 크기도 크기지만 그 안에 담겨진 미증유의 공력이 전신에 소름이 돋게 만들었다. 오죽했으면 모두 내놓으라하는 고수들인데 덜덜 떨려서 속도를 제대로 내지 못할 정도였다.

유라가 툭 발을 차고 허공으로 올라서 그 바위를 받았다.

쿠우웅.

그녀의 신형이 미끄러지듯이 밑으로 밀려 내려왔다. 유라의 얼굴에 금이 갔다.

바위에 담긴 공력이 점점 강해지고 있었다.

"허억!"

유라가 결국 헛바람을 토해냈다. 이를 악물고 다른 곳으로 던져 버릴까 했지만 바위는 꼼짝도 하지 않았다. 그때 그녀의 등 뒤로 무루가 다가와 살포시 그녀의 손등에 자신의 손을 댔다.

거짓말처럼 멈춰 서는 바위.

유라가 고개를 뒤로 돌려 무루를 보며 환하게 웃었다.

"휴우. 고마워. 생각보다 더 대단한 사람이네."

무루가 유라를 등에서 안고 땅에 착지하고는 바위를 살짝 옆으로 굴렸다. 그러자 서너 바퀴 구르더니 옆에 멈췄다.

그러자 노야가 그 바위 위로 내려섰다.

"점점 더 마음에 드는 친구군. 죽이기가 아까울 정도야. 정말이지 이런 마음이 드는 것은 네가 처음이다."

무루가 호혈약을 품속에서 꺼내서는 그를 향해 던졌다.

얼떨결에 옥피리를 받은 그가 물었다.

"호혈약!"

"……!"

"저주를 풀었더니 그리되었소."

"이이……."

노야의 얼굴이 부들부들 떨렸다. 무루는 그런 노야를 향해 물었다.

"당신을 보며 정말로 이해가 안 간 것이 있소."

"가, 감히 호혈약을. 네가 뭔데 저주를 푼단 말이냐?"

"행복하셨소?"

"뭐?"

"야망을 위해, 불사를 위해 당신은 계속 당신 자신의 삶을 희생시켰소. 그런 삶. 행복하셨소?"

"세상은 불신하고, 제자는 의심하고, 사람은 무시하고. 그런 인생 행복했냐는 말이오."

"……"

"당신도 참 불쌍한 사람이오!"

"건방진 놈! 감히 네까짓 게 뭔데 내 인생에 대해 왈가왈부하는 거냐?"

"자격 없는 것 아오. 그런데 자격 없다는 것을 아는 데도 불구하고 당신은 참 한심하게 살았다는 말을 하고 싶을 정도이니……"

"이놈. 네가 어떻게 호혈약을!"

그의 주먹이 뻗었다.

그 순간 군웅들을 환영을 보았다.

그의 주먹이 거대해지며 앞으로 계속 뻗어나가는 것을. 무루에 다다른 그 권영은 무루의 몸보다 두 배 가까이 컸다.

무루가 손바닥을 들어 그 주먹을 툭 막았다.

노야의 눈이 커졌다.

권영이나 실체이다. 그런데 그 권영에서 뿜어지는 권경이 무루의 손바닥에 닿는 순간 사르르 사라져 버리는 것이 아닌가?

"이, 이 무슨?"

"미안하지만 나에게 당신은……. 당신이 버러지만도 못하게 여긴 사람들이나 당신이나 똑같소. 당신이 특별히 더 강하지도 않소."

"거짓말."

무루가 픽 웃고는 손바닥으로 주먹을 밀었다.

그러자 노야의 권영이 스르르 사그라지더니 자취를 감췄
다.

"어, 어떻게?"

"끝냅시다. 당신으로부터 시작한 업보가 너무 많소."

무루가 손을 들었다. 그 순간 군웅들은 무루의 손이 하늘
끝까지 치솟는 듯한 착각을 느꼈다.

그리고 그건 손이 아니었다.

검이었다.

남궁세가의 가주가 털썩 주저앉더니 부르짖었다.

"심검(心劒)!"

그저 이상으로만 존재하는 경지.

무루가 검을 그었다. 순간 하늘이 두 쪽 났다. 검로(劒路)의
위에 놓인 보름달이 반쪽으로 갈라졌다.

그리고 대지 위의 바위도 절반으로 뎅겅 잘라졌다.

노야가 망연자실한 표정으로 무루를 보았다.

그의 머리에서 내려와 이마 그리고 몸 전체를 가로지르며
혈선이 피어올랐다.

"저, 정말… 절대고수로구나."

말하는 사이에 그의 몸이 갈라지기 시작하더니 끝날 때에는 완전히 벌어졌다.

쏴아아아!

피가 갈라진 바위를 적셨다.

무루가 돌아서서 장원으로 발을 옮겼다. 그 뒤를 유라가 '오라버니! 같이 가요!' 라고 부르며 쫄래쫄래 따랐다.

그러나 남은 사람들은 꼼짝도 하지 못한 채 멍하니 서 있었다.

"오라버니. 같이 가자니까요!"

"근데 구위영, 이 녀석은 어디 간 거야?"

"설이가 임신 중이잖아. 그래서 절대 곁에서 안 떨어지는데."

"공처가군."

"애처가지. 난 그런 사형의 모습 보기 좋더라."

"너도 그렇게 곁에서 매일 붙어 있는 게 좋다는 거냐?"

"그럼. 얼마나 좋아. 사랑하는 사람인데."

"알았다."

"응?"

"……."

"어? 어어?"

"……."

“오라버니. 지금 그 말뜻 뭐야?”

“두 번 말 안 해.”

“우와아아앙. 오라버니이이이!”

“너 요즘 책 안 읽더라!”

“다시 읽을게. 다시 읽는다고! 그러니까 말해줘요. 뭐라고 말한 거예요. 무슨 뜻이냐고요.”

그 둘의 목소리가 서서히 잦아들었다.

적검왕이 가장 먼저 정신을 차리고는 갈라진 바위 틈의 노야를 보았다.

“이렇게까지 쉽게 끝낼 것이라고는 상상조차 못했는데. 허어. 허허허. 절대고수가 아니라 절대괴물로 해야겠군.”

적검왕의 질린 듯한 그러면서도 뭔가 허탈한 느낌이 교차하는 웃음이 잔잔히 어둠을 적셨다.

『절대고수』完

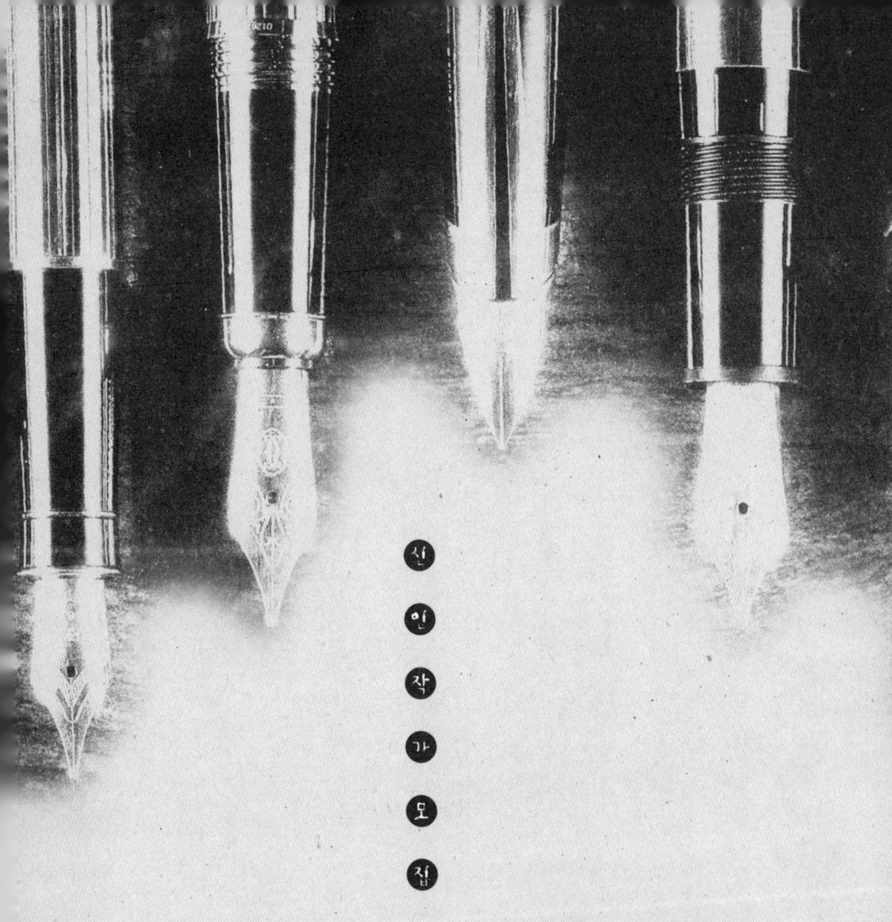
신
인
작
가
모
집

시작이 반이라고 했습니다.
작가의 길에 대한 보이지 않는 벽을 과감히 깨뜨리십시오!
청어람은 작가 지망생 여러분들의
멋진 방향타가 되어드리겠습니다.

저희 도서출판 청어람에서는
소설 신인 작가분들을 모집합니다.
판타지와 무협을 사랑하시는 분들의 많은 참여를 바랍니다.
소정의 원고(A4용지 150매)를 메일이나 우편으로 보내주시면
검토 후 출판 여부를 알려드리겠습니다.

주소:경기도 부천시 원미구 심곡2동 163-2 서경B/D 2F 우편번호 420-822
TEL:032-656-4452 · FAX:032-656-4453
http://www.chungeoram.com
e-mail:chungeoram@chungeoram.com

천애
협로

2011년 대미를 장식할
준.비.된. 작가 정민교의 신무협이 온다!
『낭인무사(浪人武士)』

"죄수 번호 사천이백삼, 담운!"
"……!"
"출옥이다."

만두 하나.
고작 그 하나에 이십 년 옥살이를 한 소년, 담운.
그 답답하고 억울한 마음을 풀어낸다!

무림맹! 구대문파! 명문세가!
겉만 번지르르한 놈들은 다 사라져라!
겉과 속이 다른 너희들을 심판하러 내가 왔다!

Book Publishing CHUNGEORAM